이재찬 1974년 서울에서 태어났다. 2000년 영화진흥위원회 시나리오 공모에서 「버스, 정류장」이 당선되었고, 이 작품은 2002년 3월 김민정, 김태우 주연의 동명 영화(명필름 제작)로 개봉되어 호평을 받았다. 2013년 장편소설 『펀치』로 제37회 〈오늘의 작가상〉을 받으며 등단했고, 장편소설 『안젤라 신드롬』으로 제5회 자음과모음 네오픽션상을 수상했다.

KB108898

편치

2013 오늘의 작가상 수상작

펀치

이재찬 장편소설

민음사

낙타

나는 5등급이다.

지독하게 무덥다. 낙타가 사막을 건넌다. 모래는 태양
보다 강렬한 더위를 내뿜는다.

나는 오늘도 낙타를 타고 있다. 낙타는 내가 무거운지,
아니면 다리가 가늘어서 그런 건지 흔들흔들 걷는다. 낙
타가 걸을 때마다 내 엉덩이도 씰룩씰룩 흔들린다. 난 흔
들림에 익숙하다. 아래서 올라오는 진동은 샘 브라운의
허스키처럼 야릇하다. 모래 먼지가 안개처럼 흩날려 앞을
가린다. 모래 먼지는 미래를 꿈꾸라고 하면서 미래를 닫
아 버린, 멍청한 어른들 같다. 한창 사막을 건너던 낙타가

멈춰서 코를 킁킁거리며 숨을 가쁘게 내쉬고는 고개를 돌린다. 나를 보는 동작이 발칙하다. 침도 흘린다. 땡볕이지만 낙타 코에서 허연 입김이 충고처럼 쏟아진다. 어른들이 내뱉는 충고는 날 숨 가쁘게 한다. 낙타의 코에 코뚜레가 꿰어 있다. 그동안 여러 번 사막을 함께 건너면서 낙타의 코뚜레를 보지 못했다. 내 코가 석 잔데 남의 코뚜레 따위에 관심 둘 리 없다. 형체가 뚜렷하지 않던 코뚜레가 점점 진한 시멘트색으로 변한다. 코뚜레는 내 손목만 한 쇠밧줄과 연결돼 있고 쇠밧줄은 끝이 보이지 않는 사막의 끝까지 뻗어 있다. 내 손목과 발목에도 보이지 않는 쇠밧줄이 감겨 있을지 모른다. 쇠밧줄이 모래를 털고 서서히 일어선다. 바람도 한몫 거들며 모래를 벗겨 낸다. 어느새 쇠밧줄이 사막을 휘감는다. 모래가 내 뺨을 따갑게 때리며 흩날린다. 눈을 뜰 수 없다.

비가 내릴 리 없다.

생리가 시작될 때면 낙타가 날 찾아온다. 내 안이 붉은색으로 물들 때면 기분에도 붉은 경고 등이 켜진다.

어제 모의고사 결과가 나왔다. 이번에도 언수외탐, 모두 5등급이다. 6월 모의고사는 사실상 수능이라고 말들한다. 9월 모의고사가 남아 있긴 하지만 달라질 건 없다.

5등급은 내신 성적과 모의고사에만 국한되지 않는다. 머리에서 외모까지 5등급은 영원히 날 따라다닐 꼬리표다.

나는 일반계 고등학교 3학년이다. 3년 전 엄마의 극성으로 도전한 외고 입시에 낙방했다. 몇 달간 예민했던 엄마는 결과가 발표되던 날 몸살감기로 앓아누웠다. 그동안 극성을 부리느라 "피로가 켜켜이 쌓인 탓"이라고 방 변호사가 말했다. 그건 엄마의 극성을 결실로 이루지 못한 내게 두고두고 죄책감을 '켜켜이' 쌓이도록 해 주기 위한 말이었다. 자기소개서를 작성하는 데 수백만 원이 들었고 어학원에서 진행한 면접 대비도 6개월이나 준비했지만, 문제는 영어 내신이었다.

"애초에 안될 거였어."

방 변호사는 아닌 척 찌르고, 엄마는 무표정으로 거들고, 난 아닌 척 앓는다. 숨은 혈흔도 찾아내는 기계로 우리 집을 들여다본다면 집안 구석구석 언어의 선혈이 낭자할 거다. 이런 관계가 만들어진 건 외고 발표 날이 처음은 아니다. 언제부터인지는 정확히 알 수 없지만 내 키가 작은 것에 대해, 내 몸이 날씬하지 않은 것에 대해, 내 얼굴이 예쁘지 않은 것에 대해, 엄마는 교정하려 애썼다. 교정되지 않았기에 방 변호사는 힐난했다. 엄마와 방 변호사가 한편이 되어 날 난도질하기 시작한 거다.

외고에 탈락하던 날 '앞으로의 방인영'이 결정되었다. 내 첫 번째 쓰라린 실패이자 앞으로 계속될 전주곡이라 할 수 있다. 외고는 계급이다. 그건 단지 공부를 잘하고 못하고의 문제가 아니다. 부모가 외고에 보낼 수 있는 계급이냐, 아니냐에 대한 리트머스 시험지이기 때문에 방 변호사와 엄마는 억울했을 거다. 딸을 외고 보내기에 충분하고도 남는 계급이기 때문에 억울함은 정당하다고 볼 수 있다.

난 객관적이니까.

방 변호사는 잘나가는 법무법인에 속박된 변호사다. 방 변호사는 언제든 다른 직장으로 소속을 옮길 수 있다고 하지만 옮기지 못한다. 그래서 '법무법인 사람'에 소속돼 있는 게 아니라 속박돼 있는 거다. 태양 주위를 배회하며 떠나지 못하는 지구와 같다. 딸이 외고에 탈락하자 지구 곳곳에 화산이 터졌다.

엄마는 방 변호사가 벌어다 준 돈으로 살림을 꾸리며 집안에 속박돼 있다. 살림만 하면서도 엄마는 살림을 잘 못한다. 그건 할머니가 죽기 전에 내린 평가고 나 또한 그에 전적으로 동의한다. 특별히 하는 일도 없으면서 일주일에 세 번씩 오는 도우미 아줌마의 도움 없이는 살림을 꾸려 나가지 못한다. 도우미 아줌마가 오지 않는 날엔 음식이 영 맛이 없다. 공부 외에는 주어진 임무가 아무것도 없으면서 5등급이기에 나도 할 말은 없다. 나는 방 변호사의 경제적 후원과 엄마의 정신적 억압, 학교와 종교의 변태적 시스템에 속박돼 있다.

억압에 짓눌려 한 달에 한 번 히철을 한다.

방 변호사를 키운 할머니는 학교 근처에도 가 본 적이 없는 일자무식이다. 일류 대학을 나온 방 변호사와 할머니를 비교하면 학교라는 곳이 굳이 다닐 가치가 없다는 걸 알 수 있다. 대학 가서 도대체 뭘 얻는지 대학 나온 사람들을 보면 도통 모르겠다. 어떡하든 대학에 안 갈 테다. 고등학교 내내 그 방법을 고민해 왔다.

인터넷에서 법무법인 사람에 관한 기사를 본 적이 있다. 전 국회의장의 폭행 사주 사건을 맡아 승소했을 때 법무법인 사람이 실시간 검색어 순위 2위까지 올랐다. 방 변호사는 전 국회의장에게 하사받은 보너스로 엄마의 손가락에 3캐럿 다이아몬드 반지를 끼워 주었다. 때가 낀 돈이라 그런지 다이아몬드가 휘황찬란했다. 기자는 "법무법인 사람에는 사람은 없고 돈만 있다."라며 "헌법 11조 2항에서 금지한, 특수 계급을 만드는 장본인"이라고 썼다. 계급사회에서 왜 계급을 못 만들게 하는지 헌법을 이해할 수 없다. 지들이 만들어 놓고 지들이 금지하고, 모순의 구렁텅이에서 허우적대는 것들. 난 겨우 그런 사람들이 만들어 놓은 교육과정을 밟고 있는 중이다.

그 구렁텅이에서 탈출하기만을 학수고대하고 있다.

학원 문을 열면 벽면의 자동 분사기가 향기를 뿌린다.

"아로마가 머리를 맑게 해 준단다."

향이 뿌려질 때면 원장이 말하곤 한다.

풀잎의 신선한 향과 대조적으로 학원 안에는 썩은 동태눈깔들이 가득하다. 내가 다니는 학원 이름은 '신화창조'다. 신화창조에 다녀서 신화를 창조한 사람은, 내가 알기론 지금껏 없다. 5등급에서 1등급으로 오른 전설이 없다는 말이다. 거북이를 닮은 원장은 거짓말쟁이다. 여학생만 보면 말끝마다 "예쁘게 생겼는데."라는 입에 발린 말을 입에 달고 다닌다. 물론 거북이의 목적은 예쁘다는 게 아니라 그 뒤에 붙은 "공부만 잘하면 끝내줄 텐데."다. 잘생긴 남자아이가 하나 있긴 하다. 배우가 되겠다고 설치는 상현이다. 상현이가 아쉬워하는 것처럼 신화창조에 다니는 여학생들은 하나같이 공부 아니면 할 게 없는 외모다. 그런데도 계집애들은 누구를 위해서인지도 모르는 표정으로 하루 종일 거울을 들여다본다. 화장도 진하다. '나가요'처럼 보이고 싶어 안달이다. 나도 종종 거울을 보긴 하지만 끼고 살지는 않는다.

소용없다는 걸 일찍 깨달은 거기도 하고.

난 뭐든지 일찍 깨닫는다. 할머니는 날 "애늙은이"라 부르곤 했다.

"우리 인영이는 엔만한 이른보다 **똑똑해**. 힉교 공부를 더 잘하면 좋겠지만, 그게 또 어디 마음대로 되나."

난 이제 그럴 마음도 없다.

그래도 학교보다는 학원이 낫다. 학교는 재미도 없고 의미도 없다. 시간 낭비다. 교사들은 잘난 척하는 공무원 일 뿐이다. 방 변호사는 공무원들을 "퇴근 시간만 기다리는, 세금 먹는 식충"이라고 욕한다. 다른 공무원들은 어떻게 사는지 모르지만 교사들한테는 정확한 평가다. 수학도 "공부하지 않는 년들은 모두 식충"이라고 한다.

학원 강사보다 연구를 게을리하는 당신들은?

담탱이는 수업 준비도 별로 하지 않는다. 담탱이가 해석해 주는 영어 제시문을 읽으면 내용이 머릿속에서 엉킨다. 어차피 학원에 가서 다시 들어야 한다. 요즘 담탱이의 최고 관심사는 결혼이다. 눈가에 주름이 지하철 노선도처럼 얽히고설킨 서른두 살이다. 어제 조회 때는 "초라한 더블보다는 화려한 싱글이 낫다."고 말했다. 칠판에 그 내용을 영어로 썼다. 그리고 모델처럼 보무당당하게 칠판

앞에 섰다. 당연히 해야 하는 걸 할 수 있다는 게 자랑이 아니란 걸 모르는 얼굴이었다.

"데이트가 뭔 줄 알아? 뭘 입고 나갈까 고민하다 인생 낭비하는 게 바로 데이트라는 거야. 너희가 공부 열심히 했는데 실력이 늘지 않아. 수학 문제 두 시간을 풀었는데 다 틀렸어. 얼마나 시간 낭비야? 데이트가 바로 그런 시간이야. 데이트하지 말고 공부를 하란 말이야."

담탱이의 히스테리를 듣고 있는 시간이 '데이트'다.

언제는 또 결혼이 삶의 완성이라고 했다. 조울증 환자라 오락가락한다. 조증일 땐 촌스럽기 짝이 없는 레이스를 덕지덕지 붙인 옷을 분홍색 계열로 깔맞춤 한다. 바비 인형 가지고 노는 나이를 아직 못 벗어난 패션이다. 속옷 같은 치마를 입고 올 때가 조증의 절정이다. 울증일 땐 검정색이나 회색 정장을 입는다. 정장 안에는 무거운 바스트가 꽉 조여서 버거워한다. 어제 담탱이는 나뭇잎 레이스 스커트를 입었다. 요즘 남자들은 여자의 능력을 사랑한다는 게 그녀의 결론이다. 능력은 학벌에서 나온단다. 담탱이는 교사가 아니었다면 시집가기 힘든 외모다. 그녀가 기댈 곳은 능력밖에 없다. 하긴 내가 남의 외모를 욕할 건 아니다. 모의고사가 5등급이면 외모라도 2등급은 되어야 사회에 진출해 볼 수 있지 않겠나.

우리나라는 성형 관광을 올 만큼 외모 지상주의가 극도로 미쳐 날뛰는 나라 아닌가. 내면이 없는 땅이다. 하긴 그게 한국 사람들만의, 인간만의 천박한 속성은 아니다. 텔레비전에서 두 명의 여자를 세워 놓고 원숭이들한테 먹이를 주는 실험을 하는 걸 본 적이 있다. 여러 마리의 원숭이들은 하나같이 예쁜 여자가 주는 먹이를 받아먹었다. 예쁘지 않은 실험녀는 자신의 원죄를 인정하는지 송구스러워했다. 그걸 보고 있는 나도 괜히 회개해야 할 거 같았다. 그 프로그램을 본 후 교회에서 기도를 할 때 예수에게 진지하게 말했다.

도대체 왜 이런 짓을 저지른 거예요?

외고 시험을 준비하면서 엄마는 내게 교정기를 채웠다. 효과는 미미했다. 양악 수술이 대안일 거다. 엄마는 이번 겨울방학 때 압구정동에 가서 날 다른 사람으로 만들어 주겠다고 한다. 엄마의 외모를 물려주지 못한 죄책감을 만회해 보려는 거다.

"양악은?"

"양악은 너무 위험해."

"그럼 하나 마나잖아."

"왜 하나 마나야? 우리 딸은 조금만 손보면 돼."

엄마의 눈은 손을 많이 봐야 한다. 아오이 유우의 과거

사진을 보면 나도 충분히 예뻐질 수 있다. 하지만 예뻐지고 싶은 마음이 없다. 수컷들의 발정을 견뎌 내야 할 테니까. 교정기를 한 건 중딩 때라 아직 자아가 생성되기 전이었다. 남들이 좋다면 좋은 줄 알았고 엄마가 하라고 하면 해야 하는 줄 알았다. 반항심이 없었던 건 아니지만 휴화산처럼 내면에서만 꿈틀댈 뿐이었다. 기리시마 산이 폭발하면서 내 화산도 터지기 시작했다. 엄마가 방심한 사이에 난 엄마를 뛰어넘는 자아가 생겼다.

동물들한테도 선택받지 못한 실험녀가 직장 면접관에게 선택될 수 있을까. 동물과 인간이 외모를 중요하게 따지는 건 조물주가 만들어 놓은 하드보일드다. 왜 누구는 아름답고 누구는 추하게 만들었을까. 방 변호사는 머리가 좋고 외모가 달린다. 엄마는 외모는 그럴듯해서 사법 고시에 패스한 남자한테 선택받았지만 머리는 모자란다. 결정적인 불행은 내가 엄마의 머리와 방 변호사의 외모를 닮았다는 아이러니다. 내가 신을 버리기로 마음먹은 계기는 바로 이런 유전자의 장난질 때문이다.

양심의 가책을 느껴야 할 쪽은 잘못을 저지르는 인간이 아니라 잘못 설정해 놓은 신이어야 한다.

학원 끝나자마자 교회로 와.

휴대폰에 엄마의 잔소리가 도착한다. 매주 이 시간 매주 같은 내용으로 날 추행하는 메시지다. 나는 일요일 아침 영어 독해 특강을 8시부터 네 시간 동안 듣고서 바로 교회로 가야 한다. 수강 기호 '잉글독' 선생은 8시부터 10시까지 정확히 두 시간 동안 기출문제 독해를 분서한다. 쉬는 시간은 5분이다. 4분도 6분도 아니다. 수업 중 하는 모든 말은, 농담조차 독해 내용과 관련된다. 오늘은 독해 중에 '토니 다이'라는 펀드매니저가 주식시장이 과대평가되었다고 판단해서 고객의 돈을 저축 계좌로 옮겼다는 내용이 있었다. 그 일로 비난을 받은 그는 결국 회사에서도 쫓겨났다. 7년 후에 주식시장이 폭락했고 결국 토니 다이의 말이 옳았다는 게 증명되었다.

"토니 다이(Tony Dye)는 옳았지만 대중의 마음을 거슬렀기 때문에 다이(Die)된 거지."

칠판에 'Dye-Die'를 쓰며 씩 웃었다. 잉글독의 유머는 그 정도다. 난 허심탄회하게 웃어 주었다. 이 정도 노력엔 웃어 줄 여유가 있다. 대신 잉글독은 자신의 관심사 따위의 말은 하지 않는다. 10시 5분부터 12시까지 예상 문제를 푼다. 1시부터 6시까지 고2 학교별 수업을 한다. 7시부터 10시까지 고1 학교별 수업. 학교 교사들은 상상할 수 없는 수업량이다. 겨우 50분도 집중하지 못해서 걸스데이의 각선미나 예찬하는 수업과는 차원이 다르다. 국사가 침을 질질 흘리며 떠든 걸 그룹은 여성의 육체적 역사를 간과한 돌연변이다. 한국 여자의 몸매는 전통적으로 '상체 빈약, 하체 튼튼'이다. 걸 그룹들은 그런 역사를 정면으로 거스른 '가슴 육덕, 하체 부실'이다. 몸매로는 신이 창조한 역사를 어겼지만 걸 그룹이 부르는 노래 가사는 남성이 창조한 여성의 역사에 고스란히 복종하고 있다. "오빠 나 좀 봐. 나를 좀 바라봐." 이건 질투심이 아니다. 어차피 인조인간들은 내 목표도 아니고 비교 대상도 아니니까. 걸 그룹의 성형 전 사진이 올라와도 더 이상 놀랍지 않다. 다 알면서도 열광하는 무뇌아들이야말로 놀랍다.

"진리가 너희를 자유롭게 하리라."라고?

거짓이 무뇌아들을 열광케 하리라.

마돈나의 자신감이야말로 여성적이지 않나. 하지만 나와 외모도 다르고 너무 늙었다. 내 이상형은 에이미 와인하우스다. 에이미처럼 스물일곱 살이 되면 나도 '27세 클럽'에 가입해 마약중독으로 죽을 테다. 제니스 조플린이나 지미 헨드릭스가 그랬듯 스물여덟 살은 인간이 살기에 부적합한 나이다. 엄마가 결혼한 나이가 스물일곱이다. 엄마도 스물일곱에 죽었다는 말이다. 인간이 장수하면 거북이가 되는 거다. 눈가에만 주름이 생기는 게 아니라 체력에도 사고방식에도 주름이 진다. 난 인간으로 살다 죽을 테다. 스물다섯 살쯤 마약을 시작할 예정이다. 마약을 구하기가 쉽지 않겠지만 그렇다고 사과 주스 중독으로 죽을 순 없다. 난 하루라도 사과 주스를 마시지 않으면 입안에 산성이 돈친다. 에이미를 좋아하기 시작한 건 영혼을 울리는 음산한 목소리 때문이고 그녀에게 빠져든 건 나와 외모가 비슷하기 때문이다. 나는 에이미의 통통한 버전이다. 누군가는 뚱뚱한 버전이라고 하겠지만, 그런 표현은 에이미도 동의하지 않을 거다. 이제 지구에서 에이미의 생생한 목소리를 더 이상 들을 수 없게 됐다는 건 영혼이 소멸한 세상이 됐다는 의미다. 걸 그룹의 인공미나 찬양하는 원숭이들이 세상을 정복한 거다. 부처가 다시 나타나 손오공들을 손안에 가두길 바란다. 예수가 못한다면 부처한테 맡길 수밖에.

아무도 구원하지 못하는 '구원교회'에서 엄마가 내 자리를 잡고 기다리고 있다. 배가 고프지만 예배가 끝나고 먹어야 한다. 예수는 예배보다 빵과 포도주로 배부터 채우라 했을 거다. 목사도 신도들도 교회 안에 있는 사람들은 모두 예수의 뜻을 잘 모른다. 밥도 먹지 않고 기도를 하는 건 기독 신앙이 아니라 토속신앙이다.

꽃미남 부목사의 얼굴에 미소가 돈다. 교회 앞 김밥집이 드디어 문을 닫았다고 좋아한다. 신도들이 박수를 친다. 나는 비웃을 수밖에 없다. 김밥 사장 아저씨는 원래 구원교회에 다녔다. 김밥집은 교회 정문 앞에 있다. 교회 사람들 덕분에 장사가 잘됐다. 엄마도 종종 이용했지만 맛이 별로 없어서 나는 따로 이용하진 않았다. 나는 신앙심으로 입맛을 극복할 만큼 열렬하지 못하다. 그런데 올봄부터 김밥 사장이 갑자기 교회에 나오지 않았다. 목사들이 번갈아 가며 설교 도중에 김밥 사장을 욕하기 시작했다. 담임 목사는 나름 점잖게 우리 교회에 다니던 사람이 이단으로 옮겨 갔다며 개탄하는 정도였다. 부목사가 노골적으로 사탄으로 개종한 사람이 만든 김밥을 먹어서는 안 된다고 핏대를 세웠다. 교회 곳곳에 김밥 사장 이름과 얼굴을 인쇄해서 붙여 놓기도 했다. 동명이인을 오해하면 안 된다는 취지였다. 김밥집 이름은 적어 놓지 않았지만 교회에 다니는 사람이라면 누구나 그 얼굴이 김밥 사장이라는 걸 알 수 있었다. 김밥 사장은 교회를 상대로 영업 방해라며 경찰에 신고를 했다. 그러다 무슨 이유에선지 곧바로 고소를 취하하고 교회 앞에서 일주일 정도 1인 시위를 했다. 그것도 포기하고 얼마 전에는 김밥집 문을 닫았다. 올 초에 갑자기 담임 목사와 김밥 사장의 사이가 나빠졌다고 한다. 이유는 모르겠다. 아무도 진실을 알지 못하는 거 같다. 애들이나 어른이나 사이가 나빠지는 데는 사실, 이유가 없다.

한국의 기독교는 예수의 사랑이 없다. 원수도 사랑하라 했거늘 이슬람교나 불교, 심지어 김밥 사장이 교회에 나오지 않는다고 그를 못 잡아먹어서 안달이다. '불신 지옥'이 아니라 '맹신 타락'이다. 부목사의 지시에 따라 찬송가를 부른다. 기타와 드럼과 피아노가 어우러져 반주를 한다. 기타 연주에 영혼이 없다. 드럼은 그냥 두드리고 있을 뿐이다.

나는 작년까지 교회에서 일렉 기타를 연주했다. 2NE1이 지겨워서 자우림의 노래를 듣기 시작했다. "어떤 사람들은 태어날 때부터 슬픈 사랑에만 빠지도록 설정되어 있어." 예수가 88년생이었다면 성경에 오를 말이다. 유진이는 태어날 때부터 뭘 해도 성공하게끔 설정되어 있었다. 나는 태어날 때부터 뭘 해도 중간밖에 안 되게끔 설정되어 있었다. 그걸 아직까지 모르는 사람은 엄마밖에 없다. 자우림에서 롤러코스터로 이동했다. 이런저런 음악을 듣다가 '플리트우드 맥'이라는 그룹을 알게 됐다. 「If I loved another woman」에 반해 버렸다. 가사를 찾아보기 전에 느꼈다. 이 멜로디는 분명 회한이다. '뼈아픈 후회' 같은 제

목의 느낌이랄까. 가사를 찾아보니 딴 여자한테 한눈을 팔았다가 소중한 여인이 떠나자 뒤늦게 후회하는 바람둥이의 이야기였다. 생각보다 시시한 내용이었지만 음악은 가사가 아니라 멜로디니까. 악보를 다운받아 일렉 기타로 연주하기 위해 수없이 연습했다. 에릭 클랩튼이 '블루스 브레이커스'에서 연주하다 자리를 비운 사이 피터 그린이 영입됐다. 에릭 클랩튼이 다시 돌아오자 피터 그린은 떠날 수밖에 없었다. 에릭 클랩튼은 '기타의 신'이니까. 피터 그린은 플리트우드 맥으로 이동했다. 에릭 클랩튼에게 밀린 2인자. 물론 피터 그린의 기타 솜씨가 5등급은 아니다. 작곡 솜씨는 에릭 클랩튼을 능가한다. 「Black magic woman」도 피터 그린의 솜씨다. 에릭 클랩튼이 없었다면 그도 기타 연주의 1인자였을 거다.

3학년이 되면서 기타를 치지 못하게 됐다. 엄마의 만행 때문이다. 나는 기타로 예수를 찬양하지 않고 기타의 신들을 찬양하려 했다. 살아 있는 기타의 신 에릭 클랩튼과 죽어 버린 기타의 신 지미 헨드릭스, 기타의 신의 그늘에 가린 피터 그린.

"1등급이 아니면 기회조차 잡지 못해."

방 변호사가 한 말이다. 1등급은 유전자와 부모의 재산이 결정하는 거다. 주인공이 될 수 없기에 난 궤도에서 이

탈할 테다. 안 그러면 내 인생은 보나 마나 평생 들러리일 테니까. 학원 사탐에 의하면 몇몇 소수가 말아먹은 기업을 살리기 위해 공적 자금이라는 걸 투입하는데 그걸 대주기 위해 국민들은 열심히 세금을 내는 거란다.

"국민은 들러리야. 너희도 들러리 안 서려면 일류 대학 가서 들러리 이용해 먹는 자리를 점하는 게 좋지 않겠냐? 어느 대학을 가느냐! 거기서 정확하게 갈라지는 거야. SKY 밖은 SKY를 위한 들러리일 뿐이야."

명상에서 깨어나자 부목사가 일본에 불어닥쳤던 쓰나미에 대해 말한다. 부목사의 입 가장자리에 거품이 인다. 거품의 구성 성분은 아밀라아제와 사탄에 대한 증오다. 지난달에 포교 활동을 위해 방사능이 가득한 일본에 다녀왔단다. 일본엔 기독교 인구가 얼마 없기 때문에 예수가 일본에 쓰나미를 보내 심판한 거란다. 심판을 하려면 한용운이랑 이육사가 힘겹게 싸울 때 하든가. 부목사는 원자폭탄이 떨어진 것도 신의 심판이라고 한다. 그렇다면 미국이 신이란 말인가. 그래서 기러기 아빠가 된 건가. 부목사의 사모와 아이 둘이 미국에서 유학 중이다. 예수의 아량이 쓰나미 정도밖에 안 된다면 '기독교의 신'은 '기타의 신'만도 못한 거 아닌가.

사람들은 성경 말씀을 지키고 살지도 않으면서 낯짝도

두껍게 교회에 들락거리며 천사의 미소를 흉내 낸다. 흉하기 짝이 없다. 적어도 구원교회에 다니는 사람들은 대부분 천당에 갈 수 없을 거라고, 단언한다. 교회만 열심히 다니지 이웃을 돌보지 않는다. 만약 그들이 예수를 믿는다는 이유만으로 천당에 간다면 예수는 연고주의에 눈이 멀어 참과 거짓을 구별하지 못하는 청맹과니에 불과하다.

그렇다고 엄마의 뜻을 어기고 교회에 나가지 않을 수도 없다. 집을 나간다면 모를까. 당장 집을 나간다면 거리의 여자가 될 수밖에 없다. 가출팸에서 "성 노예로 살아가는 애들이 부지기수"라고, 시사 고발 프로그램을 보고 온 담탱이가 흥분해서 말했다. 아무 데서나 방귀를 뀌어 대는 남자들의 품에 안기면서 생계를 유지하고 싶지는 않다. 그럴 바에야 집에서 공짜 밥을 먹으며 교회에 나가 거짓을 참는 게 낫다. 곧 구세주가 나타날 거다.

뭐 해?

현정이한테 문자가 왔다.

거짓 중.

답장을 보낸다. 엄마가 내 옆구리를 찌른다. 기도에 집중하지 못한 건 엄마도 마찬가지다.

예배? 끝나고 문자질. ㅋㅋㅋㅋ.

현정이는 집에서 나와 혼자 산다. 현정이와 만나면 대

부분 내가 돈을 낸다. 현정이의 독립 비용 중 일부를 내 용돈에서 충당한다는 말이다. 방 변호사한테서 나온 그 돈은 사회적으로 유리한 처지에 있는 사람들을 위해 불리한 처지에 있는 사람들을 더 불리하게 만든 대가로 받은 거다. 현정이의 독립은 사회적 민폐다. 현정이는 멋진 인생을 살기 위해 집을 나왔다고 하지만 아직까지는 구질구질하다. 커피숍에서 시급 4900원을 받고 알바를 한다. 5000원이면 계산이 쉬운데 100원 때문에 복잡하다며 투덜댄다. 현정이는 학교를 그만두고 검정고시를 준비하고 있다. 스스로 돈을 모아 월세를 내고 생활을 하고 모델 학원에 다닌다. 현정이의 꿈은 두 개다. 모델 아니면 스튜어디스. 현정이의 키는 172다. 나보다 무려 15센티미터가 크다. 할머니부터 고모까지 인영이는 왜 이렇게 키가 안 크느냐고 탄식하는 소리를, 현정이는 한 번도 들어 보지 못했을 거다. "살 좀 빠져야 하는데, 여자가……."라는 말도 못 들어 봤을 거다. 반면에 나는 "예쁘게 생겼네.", "늘씬하네, 다리도 쭉쭉 뻗고……."라는 말을 들어 보지 못했다.

말은 욕이다.

현정이는 지난번에 만났을 때 피자는 맛만 보고 샐러드바만 들락거렸다.

"이러려면 피자집에 뭐하러 왔냐?"

"냄새라도 실컷 맡게."

"안쓰럽다."

"넌, 내가 모델과 스튜어디스 중 뭘 하는 게 좋겠어?"

"스튜어디스는 좀 그래."

"왜?"

"서빙이잖아."

"스튜어디스가 왜 서빙이야? 서빙이면 그렇게 월급이
많을 리가?"

"방 변호사도 월급 많거든."

"그런가? 그럼, 모델은?"

"좀 웃기지 않아? 그냥 걸어가면 되지, 허리에 잔뜩 힘
을 주고."

"그럼 넌 내가 뭘 했으면 좋겠어?"

난 현정이와 달리 기름기가 줄줄 흐르는 피자를 먹었다.

"재벌한테 시집을 가든가."

새로운 아이디어가 번뜩였다.

"갑자기 웬 재벌?"

"고현정, 노현정. 재벌한테 시집가는 건 현정이들이잖
아. 안 그래, 오현정?"

"그럴 수만 있다면야."

현정의 시급으로는 월세도 충당하기 어려울 거다. 묻지

도 않았고 말하지도 않았지만 아마도 현정이가 원조 교제를 하는 거 같다. 가출하기 전과 달리 몸가짐이 방만해졌다. 증거는 없지만 내 추측이다. 엄마도 추측으로 날 추궁한다. 대부분 부정하지만 대부분 맞는다.

현정이는 어떻게 하고 싶은 일이 두 가지나 있는지 신기할 따름이다. 현정이는 사회가 원하고 사회를 위해 소비되는 노예가 되고 싶다는 거다. 사회가 개인에게 꿈을 주입하고 개인은 자신의 비용을 들여 그 꿈을 이루기 위해 노력한다. 노력의 열매는 사회가 가져간다. 개인은 소비 능력을 얻지만 그건 사회에 헌신한 것에 비하면 새 발의 피다. 중학교 때만 해도 현정이는 누구보다 피자를 좋아했다. 그땐 지금처럼 말라깽이가 아니었다.

사회가 현정이한테서 피자를 도둑질했다.

나는 아무것도 하고 싶지 않다. 그렇다고 자유롭지도 않다. 20대가 오기 전에 자유를 찾아야 한다. 그러기 위해선 10대가 가기 전에 억압을 잘라 내야 한다. 나는 수년간 그 방법을 물색하느라 공부할 시간이 없었다. 약육강식에게 납치된 '니모'를 찾아야 한다.

엄마와 함께 교회를 나오는데 과외가 손을 흔든다. 엄마는 아주 친절하게 과외한테 인사한다. 조금 전 내게는 기도 시간에 집중하지 않는다며 사탄의 표정을 지었다. 전형적인 엄마의 두 얼굴이다. 눈 깜빡할 사이에 세 얼굴, 네 얼굴을 본 적도 있다. 기네스북이나 무형문화재에 등재할 순 없으려나. 과외가 엄마에게 깍듯하게 인사하고 내게도 손을 흔든다. 별로 내키지 않지만 나도 고개를 숙여 준다. 과외는 연세대 의예과에 다니면서 내 수학 점수를 담당한다. 중간고사나 기말고사 때는 과학도 봐줬다. 어떻게 수학과 과학 문제를 그렇게 쉽게 푸는지 이해할 수 없다. 과외는 내가 왜 그렇게 수학과 과학을 못 푸는지 이해하지 못한다. 일주일에 한 번 집에 와서 두 시간을 가르치는 과외에게 한 달에 무려 60만 원을 준다. 그 가격이 어떻게 매겨졌는지 시장은 공정하지 못하다. 내 수학 성적은 내 바스트 사이즈만큼이나 제자리다. 기부라고 볼 수밖에 없다. 기부의 대상이 엉뚱하다. 과외네 집은 우리 집보다 훨씬 잘산다. 과외의 아버지는 5층짜리 치과 전문 병원의 건물주다. 자기 아들한테 그 건물에 병원을 내줄 계획이란다. 과외 두 시간 중 반 시간은 자기 자랑이다. 자랑할 만하다고 할 수 있지만, 아무튼 별로다. 과외를 보면 학교 과학실 앞에 붙어 있는 사진이 떠오른다. 아이큐만큼이나 혀를 길게 내밀고 있는 얄미운 아인슈타인.

언젠가 함수의 개념을 설명하다 말고 과외가 내게 물었다.

"너는 앞으로 뭘 하고 싶니?"

"낙타를 타 보고 싶어요."

"그런 거 말고. 꿈은 뭔데?"

"낙타라니까……."

과외가 비웃었다. 그러니까 니가 안 되는 거야, 라고 웃음소리가 말했다.

그 이후 나름 느낌이 있었던 과외를 내 인간관계 목록에서 삭제했다. 낙타를 타고 싶다는 말도 이해하지 못하는 인간과 계속 관계를 유지하는 건 시간 낭비다. 인간관계 목록에서 삭제했더니 과외의 단점이 속속들이 드러났다. 그가 짓는 미소의 정체는 동정심이다. 동정심의 근본은 우월감이다. 난 우월하지 않기에 동정 따위의 폭력은 휘두르지 않는다. 나의 주된 감정이 증오심인 건 필연이다. 증오심은 예수가 통제하지 못한 사탄들이 내게 가한 잔혹한 행동에 대한 대응이다.

"넌 신을 믿어?"

과외가 물었다. 질문은 학생이 선생한테 하는 건데 과외는 종종 그 관계를 뒤집으며 시간을 때운다.

"믿거나 말거나."

과외는 내 불성실한 태도에 혀를 차고는 언제나 그랬듯 자기 할 말을 했다.

"나한테는 두 개의 신이 존재해. 하나는 하나님이고 또 하나는 수학이야."

"수학이요?"

"수학이야말로 근본적이잖아. 신은 근본적인 존재야."

"수학은 인간한테 축복을 주시 못하잖아요."

"수학의 세계를 알면 알수록 축복이지. 기독교를 모르는 사람은 기독교가 왜 축복인지 모르는 것처럼 수학을 모르는 사람은 그 축복을 모르는 거지."

그게, 나다. 도저히 수학의 세계를 모르겠다. 그동안 알고 있다고 생각했던 성경의 세계도 모르겠다. 원수를 사랑하라는 건지 이웃을 저주하라는 건지. 과외한테는 두 개나 있는 게 나한테는 하나도 없다. 유진이한테는 미모와 머리, 두 개나 있는데 난 하나도 없다.

난 원래 아무것도 없게끔 설정돼 있었던 거다.

"그런데 왜 수학과에 안 가고 의대에 갔어요?"

"아버지 때문에. 나중에 의사가 되고 나서 다시 수학을 본격적으로 공부할 거야."

그러시든가.

"문학도 근본적이지 않아요?"

"문학은 빈곤한 뒷담화야."

"미술은?"

"미술은 이미지고. 이미지는 허상이지."

"성형외과는 왜 의대에 있어요? 미대에 있어야 되는 거 아닌가?"

과외가 침묵했다.

"역사는?"

"안중근이 어떤 마음으로 이토 히로부미를 쐈는지는 아무도 모르잖아."

안중근은 알겠지.

"안중근이 민족을 위해서 쐈는지, 김구한테 잘 보이려고 쐈는지, 아니면 자기 안의 폭력성을 위해서 쐈는지 알수 없어. 하지만 수학은 명백해. 재론의 여지가 없거든. 증명이 되면 그게 바로 정답인 거야. 너도 수학의 세계를 알면 좋을 텐데."

"별로 궁금하지 않아요."

"그게 너의 문제야."

"수학이야말로 이토 히로부미예요."

과외는 삐친 아이처럼 아무 말도 하지 않았다. 난 다음 과외 시간 전까지 일주일 동안 이토 히로부미와 수학의 상관성을 찾느라 애를 썼다. 내가 한 말에 책임을 져야 하니까. 하지만 찾을 수 없었다.

진실은 찾을 수 없는 거니까.

과외가 멀어지자 엄마가 '베드로 목장'에 가자고 한다.

"시간 없어. 공부하라며."

"이럴 때만 시간 없지?"

"수학의 세계에 빠질 거야. 거기에 근본적인 세계가 있대."

"헛소리 말고, 와."

"엄마가 찬양하는 과외가 한 말이거든. 목장에 가서 할 말도 없어. 들을 말도 없고. 공부하고 싶다고. 고3 엄마 맞아?"

"하나님 말씀을 들으면 머리가 맑아져서 공부도 더 잘돼."

"목장에 무슨 하나님 말씀이야?"

"자꾸 이럴래?"

"엄마나 이러지 마."

우리 모녀는 언제까지 이래야 할까. 시작은 엄마가 했지만 끝은 내가 내야 할 거 같은 예감이 든다. 베드로 목장은 무슨, 예수를 배신한 유다 목장이라고 해야지. 나와 엄마는 팽팽하게 눈싸움을 한다. 엄마 눈이 더 커서 내가 이기는 경우가 거의 없다. 외삼촌은 엄마가 어릴 때부터 눈이 커서 겁이 많다고 했다. 눈이 커서 쳐다보기가 겁이 나는 거겠지.

"손 집사 할아버지가 저번에 내 허벅지를 빤히 쳐다봤어 재수 없어."

"너!"

이번에도 통하지 않는다. 엄마한테는 무당의 피가 흐르는 걸까.

우웩!

가로수 옆에 구토를 한다. 엄마가 놀라서 내 등에 손을 얹고는 주변을 둘러보는 게 등 위로 느껴진다. '노란 구원'을 보며 미소를 감추려 엄마로부터 고개를 돌린다. 등 뒤에서 누군가 괜찮으냐고 묻고 엄마가 괜찮다고 대답하는 소리가 들린다. 엄마의 목소리는 괜찮지 않다. 내 상태보다 체면이 괜찮지 않았으리라.

엄마가 건네준 생수로 입가심을 한다.

"택시 타고 집에 가서 자."

난 대답하지 않고 고개만 끄덕인다. 얼굴은 최대한 불편한 표정을 짓는다. 하도 지어서 내면화된, 나만이 소유한 표정이다. 남들이 보기엔 껄끄러울 수도 있으나 그건 내 알 바 아니고 이 표정은 내 정체성의 정직한 표출이다.

엄마의 정직한 표출은 사람들 앞에서 온화하게 웃는 표정이 아니다. 식탁에 앉아 홀로 맥주를 마시면서 오이를 씹어 먹다가 손톱으로 이빨에 낀 걸 빼내며 짜증 내는 표정이다.

"좀 괜찮아지면 공부해."

엄마가 만 원을 내밀다 말고 내 눈을 똑바로 본다.

"괜찮아? 엄마가 같이 갈까?"

"괜찮아. 좀 자면 돼. 한두 번도 아니고."

"이번 주에 병원에 한번 가 봐야겠다. 진짜 한두 번도 아니고."

"가 봤자, 스트레스라고 하겠지 뭐."

"니가 의사야?"

"의사가 될 과외도 그랬어. 스트레스라고. 대학 가면 해결될 거래. 그리고 진짜 의사도 그랬잖아."

"병원 간 지 꽤 됐으니까 그러지. 아무튼 조금이라도 이상하면 바로 전화해."

"알았어."

엄마가 근심스럽게 한숨을 내쉰다. 택시를 잡곤 극성스럽게 택시 번호를 스마트폰으로 찍는다.

나는 택시를 타고 웃는다.

"어디로 갈까요?"

여기가 아니라면 어디든.

엄마가 저녁 먹으라고 흔들어 깨워서 간신히 일어난
다. 고3이 되니까 "몸이 천근만근"이라는 할머니 말도 이
해된다. 할머니는 시집온 열아홉 살 때부터 시동생 네 명
을 키웠으니 내 나이 때부터 죽을 때까지 "삭신이 쑤셨"
을 거다. 할머니와 대화하는 건 재미있었다. 재작년에 할
머니가 죽은 게 안타깝다. 엄마나 방 변호사는 내게 할머
니의 반의반도 안 된다. 할머니가 소멸하면서 내 안의 따
뜻함도 소멸했다.

"그렇게 자는데 서울에 있는 대학 갈 수 있겠어?"

숟가락도 들지 않았는데 엄마는 또 밥맛없는 소리다.
엄마한테 서울 안에 있는 대학은 기독교요, 서울 밖에 있
는 대학은 이슬람교다. 나한테 아웃 서울은 리얼리즘이
요, 인 서울은 해리 포터다. 어떻게 갑자기 빗자루를 타고
날아다니란 말인가.

"안 가면 되지."

엄마가 화를 내며 목덜미를 잡는다. 나는 더 이상 엄마
의 얄팍한 수에 동요되지 않는다. 엄마도 그걸 알면서 자
신의 거짓말에 스스로 속고 있다. 가끔 어쩔 수 없이 남
을 속일 수는 있어도 자기 자신을 속이지는 말라고, 종종

말했으면서. 그건 예수를 속이는 것과 진배없다면서. 엄마의 표정이 사뭇 진지하다. 엄마는 가끔 남을 속이고, 자주 스스로를 속인다. 자신이 속이는지도 모를 만큼 이제 속임수에 익숙하다. 중학교 2학년 때까지만 해도 난 나름 날씬했다. 언제 살이 찌는지도 모르면서 살이 쪘고 이젠 익숙하다. 익숙함은 스스로 사하는 면죄부다. 내가 본격적으로 살이 찐 계기는 외고 입학 스트레스다. 외고 입학은 엄마가 자신을 속이고 스스로 속은 거다. 엄마와 나의 익숙함은 모두 엄마의 속임수에서 비롯됐다.

"수도권에 있는 아무 대학이라도 가자."

'가라'가 아니라 '가자'라니. 대학까지 함께 가자는 말인가. 지옥도 함께 가자고 하겠네.

한 학기 등록금만 낸 후에 학교는 다니지 말고 재수를 하라고 한다. 지금까지 19년이나 해도 안 되던 공부가 1년 더 한다고 좋아질까.

"아니면 편입이 더 쉬울 수도 있다고 하더라. 그것도 알아보든가."

"열심히 알아봐. 난 바빠서."

영하 40도쯤 되는 내 대답에 엄마의 턱 근육이 불거진다.

"넌 뭐가 그렇게 불만이야? 뭐가 부족하다고!"

"엄마가 코치해 준 대로 살면 나도 엄마랑 비슷하게 살지 않겠어?"

엄마가 숟가락을 내려놓고 물을 마신다. 미역국이 좀 짜긴 하다. 나도 물을 마신다. 할머니가 한 음식도 항상 짰다. 하지만 할머니 음식은 맛이 있었다. 엄마가 한 음식은 짜기만 하다.

"너는 엄마 인생이 한심해 보여?"

"아니라고 할 순 없지."

"이게!"

엄마가 물을 한 잔 더 마신다. 얼굴엔 빨간 등이 켜진다. 요즘 산수유 진액을 마시는 중이라 엄마 얼굴에 자주 혈색이 돈다.

"너 그게, 엄마한테 할 소리야?"

엄마의 목소리가 흔들린다. 엄마한테는 어떤 소리를 해야 하나. 좋은 대학에 갈 테니 걱정하지 말라고? 엄마가 기뻐하는 일이라면 뭐든지 할 수 있다고? 엄마가 있어 행복하다고? 아니면 만수무강하라고? 전혀 부러울 거 없는 엄마 인생을 보며 가질 수 있는 진심은, 엄마처럼 살지 않겠다는 것밖에 더 있겠나.

"그딴 식으로 말할래?"

"자신을 속이지 말라며?"

엄마가 벌린 입을 다물지 못한다. 신경질적으로 머리를

긁는다. 손바닥으로 눈을 비빈다. 손으로 턱을 마사지한다. 새로 개발한, 화를 다스리는 방법인 모양이다.

"왜? 뭐가 한심해 보이는데?"

"남편이 돈을 많이 벌어다 주니까 엄마가 이렇게 살 수 있는 거잖아. 현정이 엄마는 이마트에서 하루 종일 서서 일하는데."

"그러니까 엄마가 현정이 엄마보다는 좋은 팔자지."

"아니. 엄마는 남편 덕분에 살고 있으니까 남편한테 구속되는 거지."

엄마가 다음 말을 찾느라 눈동자를 굴린다. 곧이어 '감정에 호소' 작전을 쓴다. 눈가에 눈물이 맺힌다. 이제 난 엄마와의 관계에서 적어도 감정에 호소될 만큼 감정적이지 않다. 내 이빨에 교정기를 채우면서 엄마가 날 억압하기 시작한 그때부터 엄마에 대한 감정이 부정적으로 교정됐다.

엄마가 다음 말을 찾았는지 입술을 앙다문다.

"좋아. 니 말이 맞지는 않지만 맞는다고 쳐. 니 말대로 능력을 키워야 할 거 아니야. 그래야 남자한테 구속되지 않을 거 아니야? 그러려면 좋은 대학에 가야지. 안 그래?"

머리를 굴려 보지만 할 말이 없다. 그렇다고 여기서 물러설 수 없다.

"그걸 누가 몰라? 그런데 내 머리는 엄마 남편을 닮지 않았잖아."

"엄마 닮아서 머리가 나쁘다는 말이야?"

엄마가 씨씨거린다. 같은 주제로 더 이야기를 하면 자신만 비참해진다는 걸 잘 알고 있을 정도의 머리는 된다. 인신공격을 하는 건 좀 치사하지만 논리가 막혔을 때 그보다 효과적인 것도 없으니 어쩔 수 없다.

"못난 것들이나 부모 탓하는 거야. 현정이 엄마한테 지금 니가 한 말 고대로 해 봐. 배가 불러서 지랄한다 그러지."

엄마의 얼굴빛이 붉은색에서 푸른빛으로 돌변한다.

"너 현정이 아직도 만나? 엄마가 개랑 어울리지 말라 그랬잖아. 어떤 사람하고 어울리나 보면 그 사람이 보인다니까. 키만 커다랗지 머릿속이 텅텅 빈 깡통이랑 자꾸 만나면 니 머릿속도 비어! 유진이 같은 애들이랑 어울려야 너도 똑똑해지는 거야. 유진이는 왜 안 만나? 공자도 그랬잖아, 친구 잘 사귀라고."

기세가 오른 엄마는 소프라노에서 바리톤으로 바뀌어 일장 연설을 시작한다. 일단 내 판정패다. 피트니스에서 아줌마들과 갈고닦은 말솜씨라 만만치 않다. 게다가 심장은 죽고 입만 살아 있는 방 변호사와 대화를 나누면서 단련됐으니, 내가 불리할 수밖에.

엄마의 휴대폰이 울린 틈을 타서 나는 피난처로 들어간다. 엄마가 노크를 하며 문을 열려고 하지만 우리의 단절은 열리지 않는다.

노트북을 켜고 인터넷으로 들어간다. 이메일은 온통 물건 좀 사 달라는 것만 와 있다. 노트북 한구석에 갇혀 있는 파일을 연다. 한 달쯤 전에 토토디스크에서 「무한도전」 '모래 위의 남자들' 편을 검색했다. 멤버들이 씨름에 도전하는 거였다. 함께 검색된 것 중 묘하게 끌리는 제목이 있었다.

모래의 여자.

그동안 다운을 받아 놓고 어쩐지 손이 가지 않았다. 왜인지는 모르겠다. 모든 이유는 '어쩐지'니까. 오늘은 어쩐지 손이 간다.

내가 상상한 「모래의 여자」는 판타지다. 세상에서 가장 아름다운 여자가 있다. 하지만 그녀는 모래로 만들어졌다. 모든 남자가 그녀를 사랑한다. 여자는 모래로 만들어졌기 때문에 비가 올 때면 모래가 되어 바닥에 해체된다. 여자가 사라진 걸 알고 남자가 마음 아파하면 그 마음이 모래를 다시 아름다운 여자로 만들어 준다는, 그런 이야기.

영화는 완전히 내 예상을 빗나간다. 흑백 화면부터가 낯설다. 온통 모래로 된 땅을 걸어가는 남자의 뒷모습으로 영화가 시작된다. 기괴한 음악을 배경으로 하여 집히는 남자의 뒷모습에 그만 나도 모르게 감정이입이 돼 버린다. 아무 행동도 하지 않고 아무 대사도 없는 오프닝이다. 감독은 어떻게 저런 곳을 찾았을까. 배경만으로 내 감정을 움직이다니. 사방팔방 모래인 공간을 보다가 여자의 심리 속으로 빠져 버린다. 여자는 모래 구덩이에서 산다. 마을 사람들에 의해 여자의 집이 있는 모래 구덩이에 남자가 감금당한다. 남자는 모래에 갇히고 여자는 끊임없이 모래를 퍼서 위로 올린다. 마을 사람들은 여자가 올려 주는 모래를 팔고 여자한테 생필품을 내려 보낸다. 남자는 여러모로 시도를 해 보지만 모래 구덩이에서 탈출하지 못한다. 벗어나고 싶어도 방법이 없기 때문에 두 남녀의 동거가 시작된다. 엄마도 방법이 없어서 방 변호사와 결혼하지 않았을까. 방법이 있었다면 자신의 삶을 살지 않았을까. 그랬다면 좀 우아해졌을지도 모른다.

어느 날 모래의 여자가 앓는다. 위에서 마을 사람들이 여자를 끌어 올리고 남자에게 마침내 도망칠 수 있는 기회가 온다. 도망치려고 그렇게 노력했건만 막상 기회가 오자 남자는 도망치지 못한다. 그리고 기괴한 음악이 흐른다. 이 세상 사람이 아닌 사람이 작곡한 음악인 듯 귀에 들어오지 않는다. 내 몸 주변에 자기장이 생기고 그 밖에서 멜로디가 배회한다.

여자는 왜 모래 속에 갇혀 사는 걸까. 여자도 언젠가는 모래에서 벗어나고 싶어서 탈출을 시도했을 거다. 여자도 처음부터 마을 사람들과 한패였던 건 아닐 거다. 지금 남자가 그런 것처럼. 모래는 두 사람을 가두었다. 여자와 남자, 먼저 갇힌 사람과 나중에 갇힌 사람, 먼저 받아들인 사람과 나중에야 받아들일 사람, 벗어나길 포기한 사람과 벗어날 거라 착각하는 사람.

여자가 치료를 받고 돌아오면 남자는 모래 구덩이 속에서 기다리고 있을까. 전남편처럼 여자가 죽고 나면 '모래의 남자'가 되어 모래 구덩이 속에서 여자가 하던, 모래 퍼 올리는 일을 계속하게 되지 않을까. 그리고 또 다른 여자가 마을에 들어오면 그녀가 다시 마을 사람들에 의해 모래 구덩이에 갇히게 되지 않을까. 그녀도 처음에는 모래에서 벗어나려고 발버둥 치지만 이미 그런 삶을 받아들인 남자의 태도를 조금씩 받아들일 거다. 엄마도 방 변호사를 비롯한 '마을 사람들'에 의해 48평 아파트에 갇히게 됐다. 방 변호사도 '마을 사람들'에 의해 엄마보다 먼저 48평에 갇히게 됐을 거다. 이제 두 사람은 나를 48평에 가 두려 한다.

나는 '어쩐지' 도망칠 수 있을 거 같다.

베드로 목장

현관에 들어오자 주유소 냄새가 난다. 도우미 아줌마와 둘이서 하루 종일 전을 부치던 엄마의 표정은 마라톤 골인 지점에 다가오는 선수처럼 비장하다. 새우전을 먹으려 하자 엄마는 망가진 걸 먹으라며 따로 빼놓은 걸 내놓는다. 제삿날만큼은 내가 아무리 기름진 음식을 많이 먹어도 타박하지 않는다.

"엄마처럼 전이나 부치고 있지 않으려면 공부 열심히 해."

"힘들면 돈 주고 사."

"그러면 정성이 없잖아."

"그럼 계속 부치든가."

엄마가 째려본다. 난 방으로 피신한다.

내일은 결코 집에 일찍 오면 안 된다. 제사 다음 날이면 방 변호사도 새벽에 들어오는 거 같다. 일부러 피하려는 거다. 제사 다음 날 엄마는 집에서 홀로 취하도록 술을 마신 후 신세 한탄을 한다.

"너네 외할아버지가 술만 드시면 어땠는지 알아?"

엄마의 레퍼토리는 그렇게 시작한다.

"우리 4남매를 앉혀 놓고 밤새 했던 얘기 또 하고, 했던 얘기 또 하고."

엄마도 외할아버지처럼 도돌이표다.

"외할머니 때리고. 엄마가 중학교 때 소원이 뭔 줄 알아? 외할아버지가 술 마시고 횡단보도 건너다가 교통사고로 죽는 거였어. 넌, 얼마나 행복해?"

외할아버지는 내가 태어나기 전에 폐암으로 죽었다. 엄마의 횡단보도 저주가 폐암으로 전이됐던 거다.

삼촌이 먼저 집에 오고 방 변호사도 집에 온다. 텔레비전에서는 로스쿨에 다니고 있는 걸 그룹 출신 가수의 인터뷰가 나온다. 방 변호사는 과장되게 감탄하며 나를 힐끗 돌아본다. 엄마는 여전히 내가 판사가 되기를 바란다. 검사나 변호사보다는 판사가 "와따"란다. 내가 누군가에게 무시당하지 않고 누군가를 무시하고 살 수 있기를 바

란다. 무시하거나 무시당하거나, 둘 중 하나일 수밖에 없
는 게 "세상의 질서"란다. 엄마가 외할아버지의 '도돌이
표 유전자'를 물려받았듯 나도 엄마의 아이큐를 물려받은
게 바로 세상의 질서다. 현대사회에서 헌법은 중세의 바
이블과 마찬가지란다. 모든 기준은 헌법을 따른다. 고로
그 법을 다루는 사람이야말로 이 시대 신과 인간의 중간
자, 신의 대리인이 될 수 있다는 게 엄마의 생각이다.

"목사가 되는 건?"

"넌 아직 믿음이 깊지 못해."

"목사 공부를 하다 보면 깊어지지 않겠어?"

"깊어진 다음에 해야지."

"우리 목사님은 믿음이 깊어?"

"말해 뭐해."

엄마랑 말해 뭐하겠나. 믿음이 깊은 사람이 교묘하게
말을 돌려서 헌금이나 구걸할까. 멀쩡한 교회를 다시 짓
겠다며 언제 시작할지도 모를 신축 공사에 돈을 보태는
게 "하나님을 공손하게 맞이하는 태도"란다.

나도 한때는 판사가 근사하다고 생각했다. 외고 면접
때 제출한 자기소개서에 장래 희망을 판사라고 썼다. 면
접을 위해 법원에 몇 번 견학도 갔다. 검사도 변호사도 피
고도 방청객도 모두 아래 있는데 판사만 위에서 준엄하

게 앉아 있었다. 하지만 어쩌랴. 내 머리는 판사를 동경하는 데서 그쳐야 하는 것을. 이제는 어찌어찌 시켜 준다고 해도 판사가 될 생각이 없다. 사람이 사람을 심판한다는 게 가당키나 한 걸까. 성경에서는 "심판받지 않으려거든 심판하지 말라."고 했다. 항상 사람을 내려다보는, 건방진 판사들은 지옥에서 뜨거운 불을 맛볼 거다.

방 변호사는 내가 한의사가 되기를 바랐다. 외고에 탈락한 후 깨끗하게 포기한 거 같다. 문과로 정할 때도 별말이 없었다. 중학교 성적의 추억 때문에 여전히 나를 기대하는 엄마보다 냉철하게 나를 포기한 방 변호사가 차라리 낫다. 난 누구의 희망도 되고 싶지 않고 누구에게 희망을 걸고 싶지도 않다.

각자 알아서 살자.

오늘은 할아버지 기일이다. 제사는 밤 12시가 되어야 시작한다. 자율 학습이 끝나고 와도 충분하다. 지난번에 제사에 참여하기 싫어 학원에서 보충이 있다고 둘러댔다가 들키고 말았다. 엄마가 학원에 전화를 걸어 확인했다. 외동딸의 체면 따위는 안중에도 없다. 할지 안 할지 갈피를 못 잡는 학생인권조례도 해결할 수 없는 문제다. 조례 따위가 무슨 힘이 있겠나. 헌법에 아마도 평등 개념이 있을 텐데 여전히 홍길동들이 득실거리는 세상이다. 엄마는 다른 때는 간혹 속아 주기도 하는 거 같지만 제삿날만큼은 내 알리바이를 철저히 관리한다. 그렇다고 데스크에 앉아서 원장한테 꼬리 치는 실장을 구슬리고 싶지도 않다. 나름 자신이 도덕적이라 자부하는 꼰대다. 대머리 원장과 육감적인 실장의 늦은 밤 데이트를 목격했다는 에로틱한 소문도 한동안 학원생들의 가십거리였다. 40대 동네 아줌마, 아저씨의 불장난이 대수가 될 만큼, 인권이 없는 학생들은 지루하게 살고 있다. 제사 때 운 좋게 보충이 잡힌다고 해도 아마 방 변호사가 그냥 집으로 오라고 할 거다.

제사는 무질서다.

방 변호사는 할아버지와 사이가 좋지 않았다. 그런데도 제삿날에는 만사를 제쳐 두고 일찍 들어온다. 일보다 제사가 우선이다. 고모는 출가외인이라 할아버지, 할머니 제사 때 오지 않는다. 살아 있는 권력인 자기 오빠의 생일엔 오지만 죽은 부모님 제사 땐 빠진다. 그래서 고모는 현명하다. 고모 아들이 애초 공부에는 글러 먹었다고 판단하고 일찌감치 요리 쪽으로 방향을 틀었다.

하나님 외에 다른 신을 섬기지 말라 했거늘 방 변호사는 신실하지 못하다. 술을 마신 엄마가 제사 문제로 따진 적이 있다.

"누가 자기 부모님을 신으로 모시냐? 제사는 신을 섬

기는 게 아니야. 부모님을 기억하는 거지. 제사를 지내지 말라는 건 한국에서 성경을 오역한 거야. 히브리어를 모르는 이상 무조건 따를 순 없지."

엄마는 변호사의 말발을 이기지 못한다. 방 변호사는 언제나 자기 뜻이 우선이다. 자기 뜻에 부합하지 않으면 성경도 바꿔 버린다. 법보다 위에 있는 사람들을 위해 일하다 보니 자신이 성경보다도 위에 있다고 생각하는 거다. 사건을 맡기는 재벌 회장이 힌두교로 개종하라고 하면 그렇게 할지도 모른다.

삼촌과 방 변호사가 술을 올리고 절을 한다. 나는 뒤에서서 엄숙한 두 남자를 보며 웃기지만 참는다. 죽었는데 무슨 소용일까.

제사상을 물리고 방 변호사와 삼촌이 제사 음식을 안주로 정종을 마신다. 방 변호사는 할아버지께 죄송스럽다며 해마다 거르지 않고 주정을 해 댄다. 처음 들었을 때는 사죄라고 생각했는데 해를 거듭할수록 속뜻이 의심스럽다. 내게 보여 주기 위한 후회다. 자신도 아버지한테 잘하지 못해서 돌아가신 후에 한탄하니까 나도 자신이 살아 있을 때 잘하라는 꼼수가 분명하다.

그래 봤자, 다.

엄마는 하루 종일 전을 부치며 제사 음식을 준비했다.

친자식도 아닌 며느리가 정성을 다하고 친아들인 두 남자는 편하게 시간 맞춰 와서 형식만 취한다. 친딸은 코빼기도 비치지 않는다. 내가 귀신이라면 이런 난센스를 용납하지 않을 테다. 어떻게 질서를 이렇게 만들어 놨을까. 어리석은 자여, 그대 이름은 조상이다.

고3인데도 불구하고 나는 부엌에서 엄마를 도와 설거지를 한다. 물론 마음에서 우러나오는 건 아니다. 기름때라 뜨거운 물에 설거지를 두 번이나 한다.

"뭐, 이 새끼야! 대가리에 총 맞았냐?"

방 변호사가 삼촌한테 욕을 한다. 엄마가 두 형제의 다툼 사이로 다가간다. 나는 멀리서 본다. 가족한테 가까이 가고 싶지 않다. 삼촌이 결혼하겠다고 한 거다. 삼촌은 내년이면 마흔이다. 삼촌의 결혼은 엄마도 방 변호사도 학수고대해 왔다. 문제는 그 상대다. 엄마는 이미 고모한테 들어 알고 있고 나는 엄마한테 들어 알고 있다. 삼촌의 결혼 상대는 돌싱이다. 애도 하나 있다. 나이도 삼촌보다 네 살이 많다. 방 변호사도 엄마보다 네 살이 많다. 돌싱은 삼촌이 새로 옮긴 유치원 원장이다. 원장을 해도 시원찮을 나이에 남 밑에 들어갈 수밖에 없는 무능력한 삼촌에게는 전형적인 신분 상승 코스 아닌가. 이번 달에 벌어 다음 달 먹고살기도 벅찬 삼촌은 땡잡은 거다. 삼촌의 한 달

월급이 나의 한 달 사교육비의 반도 안 되는데 유치원 원장이 어딘가. 사탐이 말한 것처럼 어차피 결혼은 시장이다. 엄마와 방 변호사도 시장에서 만나 흥정한 거 아닌가. 각자의 가치를 높인 후 적당한 소비자를 물색하고 판매하기 전에 스스로 사랑을 세뇌한 후 결혼한 거 아닌가. 열성유전자만 물려준 건 사랑이 부족해서 그런 걸까. 사랑이 충만했다면 우성유전자들이 내가 됐을까.

방 변호사가 결코 열불 낼 일이 아니다. 신데렐라가 되려는 동생을 축복해야지. 엄마도 고모도 나도 밑지는 장사는 아니라고 본다. 방 변호사만이 화를 낸다. 방 변호사한테 삼촌은 자동으로 설정된 화풀이 대상이다. 시작은 삼촌이 전문대를 졸업한 후에 다시 유아교육과에 지원할 때부터였다고 한다. 방 변호사한테는 남자가 유치원 선생이 된다는 건 있을 수 없는 일이었다. 딸이 외고에 입학하지 못하는 것도 있을 수 없는 일이고. 방 변호사한테 있을 수 있는 일이란 자신의 가치관 안에 있어야 하는 거고 자신의 능력과 비슷해야 하는 것밖에 없다. 돈이 되는 일이거나.

홍해에 빠져 죽을 선민 같으니라고.

삼촌이 자리를 박차고 일어난다. 자리를 박차는 행동은 삼촌이 잘하는 짓이다. 방 변호사가 현관으로 나가 삼촌의 멱살을 잡으며 고래고래 고함을 지른다. 삼촌이 멱살을 뿌리치며 현관문을 연다. 방 변호사는 힘으론 삼촌에게 안 된다.

"형이 나한테 해 준 게 뭐 있어? 유산은 어차피 내 거였고!"

"뭐 이 새끼야! 기껏 빚까지 갚아 주니까 개소리야, 개새끼가!"

엘리베이터 앞이 쩌렁쩌렁 울린다. 방 변호사는 기어코 엘리베이터까지 따라 타며 삼촌에게 욕을 퍼붓는다. 할머니 말대로 "동네 창피한 일"을 두 형제가 벌이고 있다. 할머니의 마지막 소원은 막내인 삼촌이 결혼해서 애 낳고 사는 걸 보는 거였다. 방 변호사의 결혼 반대는 누구에게도 환영받지 못한다. 맨발로 엘리베이터까지 쫓아 타면서 동생한테 쌍욕을 퍼부은 방 변호사는 누가 뭐래도 자타 공인 대한민국 엘리트다. 부끄러움을 모르는, 전형적인 한국의 엘리트라고 할 수 있다.

방 변호사가 씩씩거리며 욕실로 들어간다. 그는 화가 나면 샤워를 해야 한다. 욕실에서는 어김없이 고함을 질렀다가 구시렁댔다가, 성질을 폭발하느라 난리다. 주먹으로 벽을 두드리는 소리도 난다. 작년에는 집에서 누군가와 통화를 하면서 한참을 굽실거리더니 전화를 끊고 나서 성질을 못 이겨 장식장을 깨 버렸다. "지 성질을 지가 못 이긴다."라고 큰아들을 평가했던 할머니의 말이 딱 맞다.

삼촌 덕분에 온 가족이 교회에 간다. 나는 영어 수업을 마치고 교회로 간다. 방 변호사도 있으니 베드로 목장에 들러야 할 거다. 방 변호사가 교회에 가는 날엔 나도 빠져 나갈 수 없다.

교회에서 엄마를 보자 구토하고 싶은 욕망이 솟는다. 베드로 목장에 가지 않을 수도 있는 유일한 방법이다. 잦은 구토 때문에 엄마랑 병원에 간 적이 있다. 항생제 같은 표정의 의사가 위염인 거 같다고 해서 정밀 조사를 했는데 특별한 염증은 발견되지 않았다.

"스트레스가 원인입니다. 요즘 학생들은 스트레스가 직장인 못지않거든요."

현대 의학 따위가 진실을 어떻게 알겠나. 엄마는 구토에 좋다며 매실과 갈대 뿌리, 참대 속껍질을 달여 마시게 했지만 내 구토 증상은 호전되지 않았다. 그럴 수밖에 없는 게 내 구토는 내가 만드는 거다. 세상 누구도 가지지 못한 나만의 능력이다. 나는 내가 원할 때 역겨움을 토해 낼 수 있다. 하지만 방 변호사는 눈치가 엄청 빠르다. 언젠가 내가 구토를 하는 동안 방 변호사가 의심의 눈초리로 날 본 적이 있고 난 그걸 놓치지 않았다. 그 후 가능한 한 방 변호사 앞에서는 구토를 삼간다. 고수를 만나면 함부로 칼날을 휘두를 수 없다. 엄마도 거짓의 고수이긴 하지만 나와 방 변호사에 비하면 아직 수련을 더 해야 한다.

"우리는! 믿기 위해서 아는 것이 아니라 알기 위해서 믿는 것입니다."

담임 목사의 목에 핏대가 선다.

"아무것도 의심하지 마십시오. 의심하는 순간, 우리는 믿음을 잃어버립니다."

예배가 끝나고 결국 갈빗집으로 간다. 이번에는 '노란 구원'을 사용하지 않는다. 갈빗집은 베드로 목장의 목자인 손 집사가 운영하는 가게다. 주일에는 문을 닫는다. 닫힌 문 안에서 베드로 목장 사람들이 모여 기도한다. 평일엔 부근에서 나름 유명한 맛집이다. 진짜 맛보다는 홍보를 잘한 거다. 얼핏 주방을 본 적이 있는데 적어도 뉴트리아가 100마리쯤 있을 것만 같다. 의무적으로 이곳에서 갈비를 몇 번 먹었다. 뉴트리아가 먹다 남긴 양념을 방 변호사는 쪽쪽 빨아 먹었다.

구원교회는 다섯 가정씩 모여서 가정 교회 모임을 만들어 신앙고백과 기도를 통해 신앙심을 향상시킨다, 라고 담임 목사가 말했다. 목장은 계급적 친목 단체일 뿐이다. 낙타가 바늘구멍 들어가는 것보다 천국 가기가 더 힘든 사람들끼리의 모임이다. 학교에서도 성적이나 부모의 경제력이 비슷비슷한 애들끼리 모여서 밥을 같이 먹는 것과 다를 바 없다. 베드로 목장에 모인 가족들은 아마도 자산 규모 30억 이상일 거다. 성경 말씀하고는 상관이 없는 모임이다. '베드로 목장'이라 하지 말고 '30억 친목회'로 이름을 바꾸고 예수 앞에서 자본주의의 노예로 살면서 벌인 만행을 솔직히 회개하는 게 어떨까. 그렇다면 혹시 기도를 들어주실지도 모른다. 어차피 천당에 갈 수야 없겠지만 덜 고통스러운 지옥으로 갈 수는 있지 않을까. 1등급 한우가 있듯 지옥도 죄의 무게에 따라 등급이 나뉠 거니까.

아무튼, 역겹다.

베드로 목장을 이끄는 손 집사 할아버지는 머리가 무척 크다. 방 변호사의 두꺼운 허리둘레 속에 기름기가 가득한 것처럼 손 집사의 큰 머리 둘레 속엔 자부심이 가득차 있다. 6·25전쟁 때 남으로 내려와서 거지 생활을 하다 자수성가했고 그 결과로 "빌딩"을 하나 가지게 됐다는 거지 같은 무용담으로 꽉 차 있다. 5층짜리 조그만 건물이라 빌딩이라고 하기엔 민망하다. 언젠가는 건물이 시가 50억이 넘는다는 말도 했다. 베드로 목장에 모인 사람들은 텅 빈 홀 중앙에 모여 앉아서 신앙고백을 하고 함께 기도를 드린다. 고백이라 하면 남들이 알지 못하는 자신의 잘못이어야 할 텐데 사람들은 남들이 알고 싶어 하지 않는 자기 자랑을 한다. 자랑할 차례를 기다리기 위해 듣고 싶지 않은 남의 자랑을 의무적으로 듣는다. 성경을 실천하고 있는 사람이라는 걸 보여 주려 치장한다. 어쩔 수 없이 목장에 끌려올 때면, 난 사람들의 말을 들으며 어디까지가 진실이고 어디부터가 거짓인지 구별해 보곤 한다. 여기서 훈련이 잘된 덕분에 학교에서 아이들의 거짓말은 첫 문장에서 대번에 알 수 있다. 오랫동안 훈련된 교사들의 거짓말은 한참 시간이 지나서 겨우 알게 되는 경우도 허다하다. 아는 게 병이다.

바이올린을 가르친다는 교수 아줌마가 작년에 호텔에서 자기 아들이 결혼한다는 자랑질을 한 적이 있다. 엄마가 철없이 예식 비용은 얼마냐고 묻자 식장 비용만 7900만 원이라며 꼭 오라고 청첩장을 돌렸다. 예수가 청첩장을 봤다면 말씀하셨을까.

누가 이 여인들에게 돌을 던지랴.

방 변호사는 오랜만에 만난 목자와 양들하고 반갑게 인사를 나눈다. 어린아이라도 남자들과는 반드시 악수를 한다. 나오지 않은 동안 낯선 얼굴이 들어왔다. 새로 소개하지 않는 걸 보니 이미 지난번에 소개를 한 모양이다. 방 변호사는 낯선 얼굴과 간단히 악수만 하고 만다. 한눈에도 낯선 얼굴은 사회적 지위가 별로 높아 보이지 않는다. 높아 보였다면 방 변호사는 그에게 보다 호감을 보이며 이것저것 물어봤을 거다. 무슨 일을 하느냐, 고향은 어디냐, 학교는 어디 나왔느냐. 그러고 보니 그를 어디서 본 거 같기도 하다. 교회에서 몇 번 마주쳤겠지. 나이는 삼촌과 비슷할 거 같다. 보통 키에 마른 체격이다. 눈빛이 묘하다. 흔해 보이기도 하면서 한편 다른 세상에 살고 있는 것처럼 생소하기도 하다. 두 가지 이미지를 동시에 가지고 있다는 건 무언가 심상치 않은 사람이라는 말이다. 나랑은 상관없지만.

테이블을 네 개 붙이고 모두 둘러앉는다. 단어 사용이 유치하고 형편없는 손 집사의 기도로 모임을 시작한다. 나는 눈을 감지 않는다. 정면에 앉은 낯선 얼굴은 플리트우드 맥에서 기타를 쳤던 밥 웰치의 옛날 사진처럼 광대뼈 아래가 홀쭉하게 파였다. 웰치는 얼마 전 66세의 나이에 권총으로 자살했다. 자살을 한 건 위대하지만 너무 늦어서 죽었다. 웰치는 내게 마약중독 말고 권총 자살이라는 중요한 메시지를 던졌다. 스물일곱 살이 되면 총기 난

사의 나라 미국으로 갈 테다. 권총을 구한 후 셀러브리티 쯤 돼야 묵을 수 있는 뉴욕 맨해튼 최고급 호텔 스위트룸에서 자살하고 싶은 목표가 생겼다. 권총은 반드시 소음방지기가 부착된 거라야 한다. 시끄러운 건 딱 질색이다. 엄마의 잔소리, 방 변호사의 잔난 척, 이웃을 시탄만큼 지주하는 목사들의 기도, 나는 항상 소음에 시달리며 살아왔다. 마지막까지 소음에 시달릴 순 없다. 맨해튼에 흩뿌려질 고요한 내 피를 상상하면……

설렌다.

베드로 목장에서 고통의 시간을 견뎌야 한다. 보통 세 시간쯤 계속된다. 이 모든 게 나의 부끄러운 삼촌 때문이다.

눈을 뜬 사람들이 교회 신축 공사에 대해 이야기를 나눈다. 손 집사가 지난주에 담임 목사와 풍수 전문가랑 같이 후보지를 보러 갔다면서 담임 목사와의 친분을 과시한다. 배산임수에 있으며 땅값은 평당 2000만 원인데 200평가량 된다고 한다. 구원교회가 무사히 하나님의 축복이 있는 좋은 곳으로 옮길 수 있도록 모두 기도한다.

기도가 끝나자 남양주 땅 부자 아줌마가 먼저 시작한다.

"우리 둘째가 학원에서 결핵에 걸려 왔어요."

"어머나!"

"어쩌면 좋아……."

아줌마들이 호들갑이다.

"일주일째 병원에서 격리 치료를 받느라 학교도 학원도 빠지고 있어요."

결핵이 빨리 낫기를 간절히 바란다며 함께 기도하자고 제안한다. 서기 21세기에 살고 있는 기원전 21세기 미개인처럼 모두 진지하게 눈을 감는다. 병은 의사가 고치는 거지 하나님이 고치는 게 아니란 걸 왜 아직도 모르는 걸까. 과학은 뭐하려고 발전시켰나. 이럴 바엔 수학을 신으로 믿는 게 낫겠다.

나는 결핵이 오래가기를 기도한다.

땅 부자 아줌마의 둘째는 내가 입학하려다 실패한 명덕외고에 다닌다. 내가 목장에 나오지 않으려는 수만 가지 이유 중 하나다. 결핵으로 죽은 시인도 있다. 결핵으로 죽은 외고인이 될 수도 있지 않겠나. 땅 부자 아줌마의 둘째가 결핵에 걸린 건 예수가 내게 준, 작은 선물일지도 모른다. 그동안 내 바람을 너무 외면한 것에 대한 회개의 성의 표시랄까.

사람들의 진지함만 보면 땅 부자 아줌마의 둘째가 결핵에서 낫기를 간절하게 바라는 듯하다. 속마음도 그럴까. "어쩌면 좋아……."는 이보다 좋을 순 없다는 뜻이 아닐까. 땅 부자 아줌마가 땅값이 올랐다고 자랑한 만큼 사람들은 아줌마네 둘째 몸의 결핵균 수치가 오르기를 바라지 않을까. 하와가 뱀의 유혹에 넘어갔을 때부터 인류에겐 '결핵의 복수' 유전자가 생성되었다. 걱정해 주는 척하지만 속마음은 상대가 결핵에 걸려 파멸되기를 바라는 검붉은 유전자. 베드로 목장에 모인 사람들 중 검붉은 유전자를 물려받지 않은 사람이 있다면 내게 돌을 던져도 좋다.

창문 너머에서 고양이 소리가 거슬린다. 배가 고프다는 건지 외롭다는 건지, 아니면 지겹다는 건지.

"아멘."

사람들이 눈을 뜬다. 지혜의 눈은 뜰 수 없지만. 사람들은 결핵이 빨리 물러가기를 바란다며 한마디씩 한다. 방 변호사는 친한 친구가 하는 병원을 소개해 주겠다고 나선다. 엄마가 말린다. 땅 부자 아줌마의 시누이 남편이 의사란다. 방 변호사는 삼촌이 의사가 되기를 그렇게 바랐다고 한다. 고모도 그 영향을 받아 간호사가 된 거 같다.

"뭐, 그래도 혹시 필요하시면 언제든 연락 주세요."

이번엔 방 변호사 차례다. 방 변호사는 가슴속에 울분이 생길 때면 교회를 찾아 과장된 표정으로 기도를 올린다. 평소 그의 태도로 볼 때 '올린다'기보다 기도를 '내린다'고 볼 수 있다. 가슴속으로 기도를 하는 것만으로 모자라면 목장에서 사람들에게 울분을 털어놓는다. 물론 그

울분은 날것 그대로가 아니다. 방 변호사의 사회적 지위와 체면이라는, 모자이크 처리를 거친다. 그래서 시시하다. 초등학교 3학년 혹은 4학년 때까지만 해도 나는 세상에서 방 변호사가 가장 근사한 남자인 줄 알았다. 친일만큼 부끄러운 과거다. 초등학교 3학년 혹은 4학년이던 어느 날, 술을 마신 방 변호사가 내게 말했다. "아빠한테 잘하면" 이 모든 재산을 너한테 물려줄 거고, "효도하지 않으면" 한 푼도 물려주지 않겠다고. 그때 난 효도라는 말을 내 사전에서 삭제했다.

"나이가 마흔이 다 됐는데도 그놈은 아직 어린애라 세상 이치도 잘 모르고 있습니다. 동생을 잘 가르치지 못한 제 불찰이 커서 마음이 아팠습니다. 사랑하는 제 막내가 정신을 차리도록 함께 기도해 주셨으면 좋겠습니다."

방 변호사는 삼촌의 인생에 처음으로 찾아온 기회를 말아먹자는 말인가. 발 빠른 고모가 알아본 바에 의하면 돌싱 원장이 소유한 유치원은 조그만 빌라 한 동을 전부 쓸 만큼 꽤 큰 편이란다. 원장의 수입이 매달 1000만 원은 되는 거 같다고 한다.

"2000 정도일지도 몰라."

고모의 추정일 뿐 정확한 건 아니다.

방 변호사는 형님한테 대드는 막내의 태도를 근본적으

로 바꿔 달라고 기도한다. 삼촌만의 문제가 아니기 때문에 혈통을 재창조하자는 건데, 그게 갈빗집에 모인 사람들의 검붉은 유전자들이 드리는 기도로 이루어질 수 있을까.

나는 고개를 숙이고 스마트폰으로 인터넷을 배회한다. 유튜브에서 한 모델이 생얼에서부터 화장을 하며 변하는 모습을 공개한 게 화제가 되었다. 소녀시대의 성형의 역사를 정리한 블로그도 무슨 일인지 갑자기 상위에 랭크되었다. 어떻게 그녀들이 진화했는지 본다. 모두가 알고 있지만 모두가 모르는 것. 모두가 알아야 하지만 모두가 알지 않는 것. 그리고 모두가 속이면서 모두가 속는 것. 제삿날 방 변호사가 화장실 벽을 친 그 심정을 솔직히 말했더라면 훨씬 진심 어린 고백이었을 거다. "막내를 죽여 버리고 싶었습니다! 그놈은 내 사회적 지위에 먹칠을 하는 놈이니까!" 정도로.

사랑 같지만 알고 보면 증오라는 걸, 모두가 알고 있지만 모두가 모른 척한다.

방 변호사가 기도하는 동안 나는 화장실에 다녀온다는 메시지를 엄마 휴대폰에 남기고 카운터에 걸려 있는 화장실 열쇠를 들고 밖으로 나온다. 갈빗집 안에 있는 화장실을 사용할 수 없다는 게 오늘 하루 불행 중 다행이다. 어제 화장실에 타일을 새로 붙여서 오늘은 사용할 수 없단다. 사용하지 못할 수만 있다면 갈빗집과 구원교회, 학교, 학원의 타일을 항상 새로 붙였으면 좋겠다. 대한민국 모든 곳에 타일을 새로 붙였으면 좋겠다. 내가 스물일곱 살이 될 때까지.

건물 입구에 있는 신호등 근처에서 현정이한테 전화를 건다. 받지 않는다.

알바 중: 사장이 보고 있어 통화 못 해. ㅠㅠ 이따 저녁때 볼까?

봐서.

ㅋㅋㅋㅋ.

뭐가 좋다고 웃고 있는 건지.

화장실에 가고 싶어서 나왔던 게 아닌데 화장실 핑계를 대고 나왔더니 화장실에 가고 싶어졌다. '동우빌딩'이라고 쓰여 있는 건물 입구는 어쩐지 우중충하다. 사람으로 치자면 우울증에 걸린 결핵 환자 같다.

건물로 들어간다. 왼쪽은 지하로 내려가는 계단이 있는데 몇 계단 내려가면 철문으로 닫혀 있다. 열쇠는 아마도 손 집사가 가지고 있을 거다. 손 집사는 한번 쥐면 결코 놓지 않는 사람 같다. 그런 면에서 방 변호사와 닮았다. 언젠가 "내 한창때랑 똑같네."라고 손 집사가 방 변호사를 보며 말했다. 방 변호사는 "똑같긴 지가 뭐라고."라며 집에 와서 기분 나빠했다.

똑같다.

계단 옆 통로는 좁다. 들어가고 나오는 사람이 있을 수 있으므로 통로는 적어도 두 사람이 지날 수 있어야 한다. 그런데 나랑 같은 사이즈가 맞은편에서 한 명 온다면 통과가 불가능할 거 같다. 천국을 함께 간 순 없다. 목시 혼자서 간다면 모를까. 목사의 기도엔 다이어트가 필요하다.

계단을 지나 통로 왼편에 있는 화장실로 들어간다. 다행히 좌변기가 아니다. 집 밖에서는 좌변기에 앉아 용변을 보지 않는다. 결핵균보다 치명적일 은밀한 균들이 좌변기에 가득할 거기 때문이다. 생각만 해도 소름이 돋는다.

삼촌을 향한 방 변호사의 증오처럼, 난 오물을 쏟아 내고 일어선다. 내 첫 철학적 사색은 배설에 관한 거였다. 외고에 탈락하고 나서 인간은 왜 배설을 하고 살아야 하나 고민했다. 그리고 3년이 지난, 얼마 전 답을 찾았다.

배설은 인간성이다.

화장실을 나오는데 낑낑거리는 소리가 난다. 나를 비롯해 내 주변 사람들은 모두 낑낑거린다. 낯선 소리가 아니지만 어쩐지 귀를 자꾸 괴롭힌다. 불편하지만 않다면 갈 길을 갈 텐데. 나는 뒤돌아 건물 뒤편으로 연결된 통로를 걷는다. 우울증에 걸린 건물들 사이에서 리모델링 공사가 진행 중인 곳이다. 지난번에 왔을 때도 공사는 하지 않고 여기저기 천막만 둘려 있었는데 아직도 그대로다.

그런데…….

한쪽 구석에서 고양이가 공중 부양을 하고 있다. 어떤 아저씨가 한 손으로 고양이의 목을 쥐고 서 있다. 마치 고양이한테 출생의 비밀이라도 캐려는 듯 손이 부들부들 떨린다. 베드로 목장에 온 낯선 아저씨다. 아저씨의 뒷모습이 어디서 본 듯하다. 작년에 체육이 검거한 바바리맨은 아닌 거 같고. 아저씨는 내가 보고 있다는 걸 모른 채 고양이가 할퀴는 것도 아랑곳하지 않고 정지된 사람처럼 목 조르기에만 충실하다. 내가 갈빗집을 나온 후 방 변호사의 고백이 역겨워 그도 나온 모양이다.

윽…….

괜히 내 숨이 막힌다. 고양이의 숨찬이 이입된 걸까. 뒤돌아 좁은 통로를 빠져나온다. 길 건너편에 버스가 서고 사람들이 우르르 내린다. 버스가 인간성을 토해 내는 걸보자 나도 숨이 터진다. 길을 건너 배스킨라빈스로 들어간다. 콘을 하나 사서 허겁지겁 먹는다. 온전히 설탕으로 만든 거라 뚱보가 되는 지름길이라며 엄마는 아이스크림을 못 먹게 한다. 엄마는 뭘 그렇게 먹어서 '허영 뚱보'가 됐으려나.

갈빗집으로 들어온다. 벽에 성경 구절이 걸려 있다.

"네 시작은 미약하였으나 네 나중은 심히 창대하리라."

웃기시네. 내 시작은 미약했고 이대로 둔다면 내 나중은 오물로 뒤덮이리라.

약국을 나온 아저씨가 바물관 쪽으로 걸어간다. 모임이 끝나고 나는 엄마한테 도서관에 들렀다가 학원에 가겠다며 따로 나왔다. 아저씨는 홀로 걷고 있다. 뒷모습을 천천히 따라간다. 쓸쓸하고 무기력하면서 있으나 마나 한 존재의 뒷모습. 다들 썩 어울리진 않지만 그런대로 자신의 옷을 찾아 입고 꾸역꾸역 살고 있는데 도저히 맞는 옷을 찾지 못하고 여전히 헤매는 뒷모습.

모래의 남자!

고양이를 탐한 아저씨의 뒷모습은 「모래의 여자」에 나온 '모래의 남자'의 그것이다. 모래언덕을 오르기 위해 지팡이를 짚으며 걷던 바로 그 모습이다. 배경음악으로 나왔던 기괴한 사운드는 목이 졸린 고양이의 울부짖음일지도 모른다.

"안녕하세요? 아까, 봤죠?"

모래의 남자가 고개를 돌린다. 고양이한테 할퀸 자국을 약국에서 치료했는지 손바닥과 팔뚝 여기저기에 대일밴드가 붙어 있다. 모래의 남자가 가만히 날 들여다본다. 그런다고 볼 수 있을까.

"그런데?"

"알고 지냈으면 좋겠어요."

모래의 남자는 내 악수를 받아들이지 않고 뒤돌아서려
한다.

"고양이는 죽었어요?"

모래의 남자가 정지한다.

"나도 고양이 소리가 거슬렸어요."

모래의 남자가 멀리 보이는 국립중앙박물관 건물을 쳐
다본다.

"전 막달레나라고 해요."

"그게 본명이야?"

"내가 지은 거니까 본명이죠."

"날 따라온 거니?"

"아저씨가 먼저 간 거라고 할 수 있죠. 아저씨 손, 되게
비싸네요?"

난 악수를 포기하고 손을 거둔다.

"커피 한잔 마실래요? 내가 살게요."

모래의 남자가 이번에는 교회 첨탑을 쳐다보며 어이가
없다는 듯 웃는다.

"그러지, 뭐."

내가 앞장서 던킨도너츠에 들어간다.

"여기가 커피숍이야?"

"커피도 팔아요."

커피를 두 잔 시키려고 하는데 모래의 남자가 콜라를 주문한다. 음료를 들고 구석으로 들어가 자리를 잡고 앉는다.

"넌, 뭐야?"

모래의 남자의, 지독히도 차갑게 보이고 싶어 하는 냉소가 마음에 든다.

"그 전에 일단 나랑 대화가 되는지 먼저 알아봐야죠."

"면접이라도 보겠다는 거야?"

"뭐, 그렇다고도 볼 수 있죠. 내 일생일대 중요한 일이니까. 목장에는 왜 왔어요?"

"가끔, 와. 손 집사님이 친척이기도 하고. 인사도 드릴 겸."

"자발적으로?"

"비자발적 자발성, 정도라고 하면 될까? 손 집사가 내 밥줄이거든."

"그래서 아까 손 집사 할아버지가 아저씨 말 끊고 기도하자고 했을 때 반항하지 못했던 거구나."

"반항…… 너는 잘하니?"

"잘하려고 노력하는 편이죠. 완전 잘하려고 지금 커피를 마시는 거고."

모래의 남자가 콜라를 마시려다 도로 내려놓는다. 이번엔 한층 부드러워진 미소를 짓는다. 설마 날 귀엽다고 생각하고 있는 건 아니겠지.

"어떻게?"

"아저씨는 누군가를 죽이고 싶지만 죽이지 못하잖아요. 고양이는 사람이 아닌데."

"고양이 가지고 지금 날 협박하는 거야?"

"그건 동물 애호 단체 같은, 밥 먹고 할 일 없는 사람들이나 하는 일이고. 내 목적은 아저씨한테 기회를 만들어 주겠다는 거예요."

"무슨 기회?"

"사람을 죽여 주세요."

"뭐?"

모래의 남자가 다혈질적으로 벌떡 일어선다.

"쪼끄만 게 말하는 게 귀엽다 싶어서 들어줬더니, 뭔 개소리야."

"앉으세요. 사람들이 보잖아요."

"사람 잘못 봤어."

모래의 남자가 앉으며 콜라를 남김없이 벌컥벌컥 들이

마신다. 내가 분명 그를 흔들고 있는 거다.

"내 얘기 끝까지 들어 보세요. 나중에 후회하지 말고."

모래의 남자가 웃는다. 썩소가 지독하다.

"아까 베드로 목장에서 아저씨가 고양이를 죽이고 와서 말했잖아요. 성경이 증오심을 가르치는 건지, 사랑을 가르치는 건지 잘 모르겠다고. 난 아저씨를 완성시킬 수 있어요."

"완성? 무슨?"

"죽이고 싶은 사람이 있죠? 혹시, 손 집사?"

"손 집사는 나한테 아무것도 아니야."

"밥줄이라면서요?"

"밥줄일 뿐이지."

"그럼, 누구예요?"

"내가 왜 말해야 할까?"

"이럴 줄 알았어. 죽이고 싶은 사람이 있다는 건 인정하는 거네요. 누구예요?"

"너, 도대체 뭐야?"

"죽일 때, 어때요?"

모래의 남자가 숨을 깊이 들이마신다. 순한 소처럼 눈을 끔뻑끔뻑하더니 밖으로 나간다. 가게 앞에서 담배를 피우며 나를 흘끗흘끗 쳐다본다. 내 제안을 탐내는 게 분

명하다. 아니면 곧바로 떠나면 될 텐데 여전히 내 자기장
안에 머물고 있다.

눈치 없는 엄마에게 전화가 온다.

"왜?"

"너, 어디야?"

"도서관이지 어디야?"

"왜 이렇게 시끄러워? 던킨도너츠 아니야?"

"도서관 휴게실이거든."

"휴게실이 그렇게 시끄럽다고?"

엄마가 아무 말이 없다. 성능 좋은 스마트폰으로 소음
을 정확하게 측정해 보겠다는 거다.

"이따 저녁은 어떡할 거야?"

"알아서 먹을게."

"알았어."

엄마가 전화를 끊는다. 엄마가 자랑하는 촉의 한계다.
내 저녁을 확인하고 다음 말이 없다는 건 그 시간에 방 변
호사와 외출할 거기 때문이다. 부부 동반이나 백화점 쇼
핑 정도일 거다. 엄마는 제사를 준비했다. 방 변호사는 삼
촌을 저주하느라 에너지를 낭비했다. 두 사람한테도 위로
가 필요할 거다.

모래의 남자가 자리로 돌아온다. "죽일 때, 어때요?"를

벗어날 수 없었으리라.

"너도 고양이처럼 되고 싶다는 거야?"

"무슨 말이에요?"

"자살하는 데 도와 달라는 거냐고."

"글쎄요."

모래의 남자의 욕망을 건드린 게 분명하다.

"누구를 위해서지? 나를? 너를? 난, 내가 왜 너랑 이런 얘기를 해야 하는지 모르겠다. 넌 사는 게 간단해 보이지? 간단해 보여도 그렇게 간단한 게 아니야. 간단하게만 생각하면 복잡한 걸 보지 못하지. 간단해 보이는 게 사실은 간단한 게 아니라는 걸 알게 되면 그때 다시 얘기하자."

간단하지도 못한 모래의 남자가 벌떡 일어서서 밖으로 나간다. 구원교회에 다니는 사람 중 그를 구원해 줄 수 있는 사람이 나밖에 없다는 건 명징하다. 나를 위한 게 남을 위한 건 될 수 없지만, 남을 위한 건 결국 나를 위한 걸 포장한 거다. 모래의 남자는 아직 얼마나 많은 걸 모르고 있는 걸까.

복잡한 건 간단하지 못한 것일 뿐이다.

던킨도너츠 스피커에서 나오는 짐승돌의 노래가 귀를 따갑게 한다. 이어폰을 귀에 꽂고 MP3를 재생하자 낸시 시나트라가 「Bang bang」을 부른다. "My baby shot me down……." 이 셰어가 부른 원곡보다 귀에 감미롭게 달라붙는다. 미국의 장점은 역시 개인의 총기 소지가 가능하다는 거다.

모래의 남자가 가지고 있는 차가움과 뜨거움을 잘 버무리면 100만 불짜리 걸작이 탄생할 거다. 우리 집 재산이 100만 불은 될 테니까.

죽 쓴 농사

3교시는 체육이다. 웬만하면 자습하는 시간이다. 오늘은 체육복으로 갈아입고 체육관으로 나오라고, 반장이 전달하자 아이들의 반응이 엇갈린다. 움직이는 걸 귀찮아하거나 오랜만에 책에서 벗어나는 걸 즐거워한다. 난 귀찮지도 즐겁지도 않다. 아이들은 당연히 자습을 할 줄 알았고 모의라도 한 것처럼 체육복을 가져오지 않았다. 반장이 다시 이 사실을 알리러 선생에게 뛰어간다.

"한 번에 하지."

"아이큐가 개고생이다."

아이들이 웃는다. 이 와중에 영어 단어를 외우거나 수학 문제를 푸는 아이도 있다. 교복 입고 오라는 지시가 떨어졌다고, 반장이 헐떡이며 말한다.

"그리고 방인영은 담임이 오래."

"왜?"

"진학 상담."

엄연한 수업 시간에 난 상담을 하러 간다. 체육은 아이들한테도 다른 교사들한테도 무시당하는 시간이다. 반장은 아이들한테도 교사들한테도 무시당한다. 그걸 알면서도 반장은 기꺼이 반장의 역할을 자발적으로 맡았다.

"학생부 가산점 때문에. 리더십 전형도 있고."

반장 입으로 그렇게 말했지만 반장 경력은 입시에 거의 영향을 미치지 못한다는 걸 반장 자신도 잘 알고 있을 거다. 반장은 원래 왕따다. 왕따를 극복하는 방법으로 반장 역할을 택했다. 반장과 나는 여러모로 비슷한 수준이다. 그러나 분명하게 다른 점이 있다. 난 반장처럼 아이들한테 만만하게 보이지 않는다. 원숭이들은 강해 보이는 자에게 약하기 마련이다. 아이들은 모두 반장의 목적이 왕따 탈출이라는 걸 알고 있다. 그래서 반장을 더 함부로 대한다.

교실 밖처럼, 교실 안에 자비는 없다.

담탱이는 나를 옆에 앉혀 놓고 자기 일 하느라 바쁘다. 모의고사 등급과 지원 가능 대학을 표시한 도표가 교실 뒤에 붙어 있다. 그걸 보면 된다. 도표가 말하지 못하는 입시 상담은 전문가의 컨설팅을 받아야지 담탱이 수준으로는 어림도 없다. 신화창조에서 대입 원서 쓸 즈음 전문가를 초빙한다고, 원장이 수업 시간에 들어와 광고를 했다.

"공부 잘 되니?"

그럴 리가.

"이번에도 5등급이네?"

한결같으니까.

"어디 갈 수 있을까?"

"서울은 못 가죠."

담탱이가 한숨을 내 진로처럼 내쉰다.

"서울 아니면, 어디 갈 건데?"

"안 갈 수 있으면 안 가고요."

담탱이가 고개를 숙이고 안경 위로 날 째려본다. 담탱이의 '안경 너머 가시눈'은 혐오의 언어다. 담탱이는 근시가 심하고 각막의 두께가 얇아서 라식 수술이 부적합하단다. 고3을 지도하기에도 부적합하다는 건 왜 측정되지 않는 걸까.

"부모님도 그렇게 생각하셔?"

"그게 문제죠."

"방인영…… 지금 니 진로 상담이야. 최윤선 상담이 아니라."

윤선이는 인터넷 쇼핑몰 CEO다. 윤선이가 부러운 건 갈 길이 정해졌기 때문이 아니라 담탱이와 마주 앉아 눅눅한 진로 상담을 하지 않아도 되기 때문이다.

"성실하게 좀 임하지?"

성실하게 임한다고 해서 5등급을 받아 줄 대학은 서울에 없다. 서울은 무자비하니까. 성실성이 중요한 기준이라면 대학 입시에서 내신 성적 실질 반영률이 이렇게 형편없지는 않았을 거다. 선천적으로 부족하게 태어난 사람들에게 성실은 어차피 안 되는 걸 미련하게 매달리는 것에 불과하다. 담탱이도 성실해서 여기까지 온 게 아니다. 올 수 있어서 온 거다. '성실의 함정'에 빠져서 착각하고 있을 뿐이다. 난 '미련의 함정'에 빠지진 않을 거다.

"그래서 어떡할 건데?"

"하는 데까지 해 봐야죠."

담탱이가 고개를 절레절레 흔든다. 나도 희롱하고 싶지만, 참는다.

"적성을 해 보는 건 어때? 세종대도 적성이잖아. 다음 주부터 방과 후 적성 2기 시작인데."

"스피드 퀴즈는 제 적성에 안 맞아요."

"해 봤어?"

"학원에서요. 그리고 세종대는 내신 비중이 높다는데요?"

"내신? 아…… 그런가?"

학교에서 진로 상담은 시간 낭비다. 학생보다 모르면서 뭘 상담하겠다는 건지.

"수능에 최선을 다해서 가능하면 수도권 안에서 찾아보자."

가능할까.

"엄마 한번 오시라고 그래."

"네."

"건성으로 대답하지 말고."

"엄마가 워낙 바빠서 시간이 날지 모르겠어요."

"하나밖에 없는 딸 대학 입시보다 더 중요한 게 있겠어? 일하시는 것도 아니잖아."

내 말이. 일하지 않는 자 먹지도 말라고 했거늘. 지하철역 입구에서 미스코리아들이나 하는 어깨띠를 두르고 교회 나오라며 녹차와 커피를 타 주는 게 엄마한테는 중요한 일이다.

"그만 가 볼게요."

"이게 문제야."

담탱이가 날 노려본다. 잠시 눈싸움을 한다. 나는 엄마를 통해 상대를 노려보는 훈련을 오랫동안 해 왔기 때문에 이길 수 있지만, 져 준다.

"단지 대학이 문제가 아니야. 이런 태도로 살면 사회에 나가도 결코 성공할 수 없어."

져 줄 때 적당히 하시지.

"알아?"

"모르겠는데요."

"그렇지. 모르니까 이렇겠지. 쯧쯧."

담탱이한테 과외의 썩소가 빙의된다.

엄마가 학교에 온다고 갑자기 서울에 있는 대학에 진학할 수 있는 건 아니다. 그런데도 엄마더러 오라는 건 혹시 명품 백이나 촌지도 함께 따라올까 봐 그런 거다. 담탱이는 노골적으로 자신이 성공한 여자라고 말한다. 담탱이의 성공은 '엄마 모셔 오기'에 불과하다. 지난번에 엄마가 학교에 다녀가고 나서 담탱이가 수업 시간에 문제를 푸는 아이들을 둘러보다 내 옆에 와 섰다.

"엄마는 참 미인이시더라."

엄마는 참 미인인데 너는 왜 그 모양이냐, 는 속뜻까지는 굳이 읽지 않았다. 엄마가 뭘 주고 갔는지는 모르지만 한동안 날 보는 담탱이의 시선이 따뜻했다. 그 따뜻함은 포근하지 않다. 수영장 안에서 소변을 본 느낌이랄까.

나는 잠시 눈을 감고 기도한다.

퇴근길 도로 한복판에서 담탱이의 빨간 쉐보레가 구겨지게 해 주세요.

"인영아."

담탱이가 갑자기 감정을 바꿔서 다정하게 부른다. 변기에 함께 앉아 있는 것같이 찝찝하다.

"잘 생각해 봐. 아빠는 사법 고시에 패스하셨는데 딸이 지방대 가는 건 아니지 않을까? 일단 수도권까지는 진입하고 반수를 알아보더라도. 안 그래?"

"오라고 해야 말이죠."

"연구해 보면 방법이 있을 거야. 엄마랑 선생님이랑."

담탱이가 특유의 미소를 짓는다. 아이들이 "백설공주 새엄마의 미소"라고 부르는 거다. 독이 들어 있다는 뜻이다. 차라리 혼을 낸다면 담탱이가 좀 덜 한심해 보일 텐데. 방 변호사가 변호사만 아니었다면 담탱이는 끝까지 내 미래를 저주했을 거다. 공부를 잘하지도 않고 부자도 아닌 아이들을 대할 때처럼 '안경 너머 가시눈' 이상도 이하도 아니었을 거다. 담탱이는 조증과 울증을 오락가락하며 날 5등급으로 폄하하다가 1등급으로 대우한다. 내가 5등급이면서도 1등급 대우를 받는 건 어디까지나 방 변호사의 경제력 덕분이다. 담탱이의 미소를 받아먹는다면 일곱 난

쟁이가 와도 왕자가 와도 깨어나지 못할 거다.

　점심으로 나온 돈가스가 너무 딱딱했다.

　아이패드 한구석에는 나처럼 집 안에 쪼그리고 있는
파일이 하나 있다. 「막달레나 시스터즈」를 연다. 5교시 국
어 시간과 6교시 수학 시간에 나누어 본다. 삼차방정식이
사는 데 무슨 도움을 줄까. 난 일차적으로나 겨우 살 수
있을 뿐인데.

　「막달레나 시스터즈」는 기숙사에 갇혀 있는 교회 문친
이 추천해 주었다. 문친은 공부를 잘해서 충남에 있는 명
문 자사고에 입학했고 걔네 집은 자식을 위해 충남으로
이사했다. 내 미래를 위해서라면 우리 집도 어촌으로 이
사해야 한다. 할머니가 살던 곳에서 맞던 바닷바람은 내
체질이다. 난 관대하지 못한 서울에 부적합하다. 방 변호
사 부부는 서울에 적합한 자신들만을 위해 살기 때문에
나를 위해 이사 갈 계획이 없다.

　영화는 아일랜드에 있는 막달레나 수녀원에서 운영하
는 기숙학교의 이야기다. 그곳에서 있었던 실화를 바탕으
로 만들었다. 문친은 신의 대리인들이 얼마나 악마적인지
그 본질을 보여 준다면서 예배 시간에 보면 더 재미있다
고 했다.

눈에는 눈 이에는 이, 예배 시간엔 막달레나 시스터즈.

예배 볼 때는 엄마 옆에 있어야 하니 볼 수 없다.

청소년 관람 불가라 더 구미가 당겼다. 청소년이 봐도 되는 표현을 하는 건 치사한 창작 행위다. 겁쟁이들이 만든 영화가 재미있을 리 없다.

'19금'이야말로 '레알'이다.

수녀원에 잡혀 온 소녀들은 오랫동안 노예처럼 살아간다. 그녀들이 지은 죄라곤 강간을 당해 몸을 더럽혔거나 너무 예쁘거나 너무 못생겼다는 거다. 피해자가 죄인이 되는 건, 정확히 교감의 사고방식과 일치한다. 왕따를 당하던 2학년 아이가 신고를 했고 경찰이 학교에 왔다. 그때 교감이 "당할 만하니까⋯⋯."라는 말을 했다고 한다. 그게 학교 홈페이지에 올라오자 교감은 그런 말을 한 적 없다고 해명의 글을 올렸고 그 글을 올린 사람을 찾기 시작했다. 그 글을 쓴 사람은 아직 밝혀지지 않았다. 학생일 수도 있고 교사일 수도 있다. 사이버 수사대에 의뢰하면 바로 찾을 수 있을 거다. 적극적으로 찾지 않은 건 교감이 말렸기 때문이리라. 만약 찾아냈다가 녹음된 파일이라도 공개되면 안 되니까.

너무 예쁜 게 죄가 된다는 건, 기꺼이 동의한다. 미필적 고의, 아니면 과실치상, 그것도 아니라면 원죄 정도가 되겠다. 중학교 3학년 때 같은 반이었던 미연이가 귀갓길에 얼굴만 집중적으로 심하게 폭행당한 적이 있었다. 경찰이 범인을 잡았다. 범행 동기는 미연이가 "너무 예쁘기" 때문이었다.

너무 못생긴 게 죄가 되는 건, 내가 동의하건 말건 원숭이들이 우글거리는 대한민국에서 '레알'이다.

막달레나 수녀원에서 그렇게 오랫동안 유린당하며 견디던 어느 날, 마거릿에게 우연히 도망칠 기회가 생긴다. 수녀원 뒷문을 열고 밖으로 빠져나온다. 바람이 분다. 마거릿의 심장에 자유가 분다. 자동차 한 대가 지나간다. 손만 뻗으면 수녀원을 탈출할 수 있는 절호의 찬스가 온 거다. 자동차가 선다. 운전하는 남자는 마거릿에게 혹시나 하는 기대감을 보낸다.

마거릿이 뒤돌아서고 자동차는 떠난다. 마거릿은 도망치지 못한다. 관성의 법칙 같은 걸까.

방 변호사는 막달레나 수녀원에서 학생들을 착취하는 수녀다. 나는 마거릿이다. 엄마는 수녀일까, 마거릿일까. 엄마는 방 변호사와 한편일까, 나와 같은 처지일까. 엄마는 모래의 여자일까, 모래의 남자일까. 아니면 이 둘을 감금하고 착취하는 마을 사람들 중 하나일까. 원래 엄마가 뭐였는지는 잘 몰라도, 현재의 엄마는 나에게 수녀이자 마을 사람이다.

영화를 다 보고 나자 느낌이 좋지 않다. 지수와 로그를 먹기라도 하는지 계속 살이 찌는 수학이 수업 끝에 한마디 한다.

"공부하기 싫지?"

"네."

몇몇 철부지들이 대답한다.

"그럼 성형이라도 해."

자율 학습을 자율적으로 거르고 집에 일찍 왔다. 핑계는 생리통이었다. 낙타는 찾아오지 않았다. 그런데 집에 온 날이 장날이다. 방 변호사가 어쩐 일인지 일찍 들어와 쉬고 있다. 나 혼자 있을 때를 빼고 우리 집에 평화란 없다. 방 변호사가 쉬는 방법은 소파에 가로누워 리모컨을 들고 채널을 유람하는 거다. 밥을 먹고 나서는 소파에 앉아 텔레비전이나 서류를 보면서 이를 쑤신다. 이를 닦으면 될 것을 더럽기 짝이 없다. 엄마는 수없이 잔소리를 하지만 방 변호사는 아랑곳하지 않는다. 깔끔한 할머니가 더럽게 키웠을 리는 없다. 세 살 버릇은 여든이 아니라 열여덟까지만 가는 모양이다. 쉰 살 버릇은 개도 안 가져갈 거다.

방 변호사는 소파 아니면 서재에 갇혀서 밖으로 나오지 않는다. 서재에 갇혀 있을 때 우리 집은 환하다. 방 변호사가 소파에서 시청하는 프로그램은 대부분 뉴스다. 심지어 한 시간 전에 봤던 뉴스를 다시 보기도 한다. 뉴스 전문 채널은 뉴스를 재방송한다. 새롭지도 않은 게 어떻게 뉴스(news)가 될 수 있는지, 역설적이다. 엄마는 자신을 위한 모든 일을 나를 위해서라고 역설적으로 말한다. 엄마 부부는 사람이 살 만하지 못한데도 가장 많은 사람이 살고 있는 역설적 도시에서 잘 적응하고 있다.

역설적 부부다.

방 변호사는 왜 그렇게 세상에 관심이 많을까. 자기 가족에 대해서는 잘 모르면서. 큰 걸 알려고 시도하는 어리석음은 작은 걸 보지 못하게 마련인가. 같은 집에 사는 사람들이 세상보다 크다는 걸 모른다. 세상은 LCD 모니터 안에 갇혀 있다. 그 안에서 누가 대통령을 해 먹든 검찰총장을 해 먹든, 개그맨이 도박을 했든 가수가 세금을 안 냈든, 내가 살고 있는 아파트까지는 오지 않는다.

방 변호사가 신문을 들고 뉴스를 보며, 관심도 없으면서 왜 일찍 왔느냐고 묻는다.

"느낌? 느낌은 무슨. 그냥, 기분이 그렇다고 공부를 쉰단 말이야? 수능이 얼마나 남았다고?"

나는 방 변호사의 비난에 해명하지 않는다. 내 기분이 정말 어떤 건지 설명한다 해도 알아듣지 못할 테니까. 방 변호사는 법률 책에서 의뢰인의 잘못을 덮을 만한 근거를 찾는 데는 뛰어날지 모르지만 타인의 감정을 읽는 능력은 젬병이다. 머리만 있고 가슴이 없다.

냉장고에서 사과 주스를 꺼내 따르다가 식탁에 흘린다. 엄마와 눈이 마주친다. 엄마가 입술을 꼭 다문다. 나를 힐책하는 엄마도 싫지만 힐책을 참아 주고 있다는 표정을 숨기지 못하는 엄마는, 구역질 난다. 내가 오기 전에 엄마도 방 변호사한테 비난을 듣고 있었을 거다. 방 변호사는 뉴스가 지겨워질 때 누구든 눈앞에 보이기만 하면 비난한다. 비난은 방 변호사한테 비타민이다. 방 변호사는 나와 엄마의 느낌을 이해하지 못한다. 자기 자신이 하는 일이 가장 위대하고 다른 사람의 감정 따위는 전혀 중요하지 않다. 물론 사건 의뢰인의 감정은 중요하다. 재벌이 탈세를 해서 자식한테 많은 돈을 물려주려고 하는 느낌을 방 변호사는 누구보다 잘 이해한다. "인지상정"이라고 해 가면서. "쎄 빠지게 번 돈인데 다 세금으로 빼앗길 순 없잖아."

「모래의 여자」에서 남자가 여자한테 물었다.

"살기 위해 모래를 파는 거요? 아니면, 모래를 파기 위해 사는 거요?"

방 변호사가 가족을 꾸린 건 모래를 파기 위한 수단이다. 엄마는 이용당한 거다. 덕분에 나는 모래 알갱이에 불과하다.

"엄마랑 얘기 좀 해."

피곤하다는 핑계로 엄마와 대화를 거부하고 내 방으로 피신한다. 꼰대와의 대화는 하루 한 명이면 족하다. 담탱이가 엄마한테 전화를 건 모양이다. 조만간 엄마가 속이 텅 빈 명품 백을 들고 학교를 찾아갈 거다.

인터넷 쇼핑몰 '프라이팬'에 들어간다. 오늘도 메인 화면에는 내가 입기에 부담스러운 원피스가 올라왔다. 5등급 몸매를 배려하지 않은, 패션이라기보다는 살육이다. 스키니진은 반인륜적인 패션이다. 말라깽이들한테는 얼씬도 못 하면서 지방질은 내가 편한지 떠날 생각을 안 한다. 음흉한 시선으로부터 날 지켜 주는 지방질이 편하긴 하다. 살을 뺀다면 누구를 위해서 빼야 하는 걸까.

"꼭 남자들한테 잘 보이기 위해서만은 아닌데. 내 몸의 아름다움?"

윤선이는 그렇게 말했지만 다이어트는 결국 남자들을 위한 거 아닌가.

프라이팬은 윤선이가 운영하는 쇼핑몰이다. 윤선이는 쇼핑몰을 1년간 준비했다. 문화센터에 다니면서 카메라를 배워 촬영도 직접 한다. 독한 년이다.

"왜 이름이 프라이팬이야?"

"아줌마들이 프라이팬을 사려고 인터넷에서 검색어를 쳤다가 내 쇼핑몰에 들어오는 거야."

"그래서?"

"들어온 김에 딸의 옷을 사는 거지. 뭐, 자기 옷을 살 수도 있고."

"그게 말이 되냐?"

그게 말이 됐다. 지금은 하루 방문자 수가 무려 1만 명이 넘는다. 방문자가 700명 정도일 때 평균적으로 하나가 팔린다고 한다. 699명은 떨거지다. 윤선이는 학교에서 오전 수업만 받고 간다. 윤선이 엄마와 담탱이가 아름다운 타협을 했기 때문에 다른 교사들도 별말이 없다.

윤선이는 새벽에 동대문을 돈다. 오전 수업 내내 잔다. 나는 새벽 시장에 나가지 않아도 윤선이보다 잘 잔다. 내 문제만은 아니다. 교육학은 수면의 과학인 게 분명하다.

윤선이는 자기 엄마와 사이가 좋다. 그건 윤선이 엄마가 대학 가라고 닦달하지 않아서이기도 하고 윤선이가 자기 아빠보다 돈을 더 잘 벌기 때문이기도 하다.

나랑 모의고사 등급이 언제나 같게 나오는 나리도 제 길을 찾았다. 나리는 타고난 몸매꾼이다. LG 트윈스 치어리더 팀에 들어갔다. 지난봄에 데뷔전을 치렀다. 그 바람에 학교에서 정규 수업만 듣는다. 야구 시합이 있는 날이면 학교에 나오지 않는다. 나리는 원래 농구 치어리더 팀에 들어가려고 했다. 농구는 실내에서 하니까 햇볕에 그을리지도 않는 게 장점이라면서. 교회 오빠가 농구하는 모습을 보고 반해서 오랫동안 농구 치어리더의 꿈을 키워왔다.

꿈은 원래 자기 게 아니다.

설외에서 하기 때문에 야구는 자외선 차단제도 수시로 발라야 한다. 땀과 범벅이 돼서 미치겠단다. 쉴 틈 없이 응원을 해야 해서 더 힘들다고 한다. 하지만 야구가 워낙 인기가 많기 때문에 큰물에서 놀겠다며 교회 오빠를 버리고 야구를 선택했다.

"치어리더는 평생 할 수 없는 거잖아. 10년 후엔 어쩔 거야? 연봉 센 야구 선수라도 잡을 거야?"

노후가 가장 튼튼한 윤선이가 나리한테 물었다.

"일찍 죽으면 노후 걱정은 안 해도 돼."

내가 말했다.

"우리 집이 장수 집안이라 일찍 죽기는 쉽지 않을 거야. 나한테 관심을 보이는 선수가 있긴 한데. 아직 잘하지는 않아."

"널 응원할게."

나는 진심으로 말했다. 못하는 선수가 잘하길 기다리기보다 잘하는 선수를 찾는 게 합리적이겠지만. 나리를 27세 클럽에 합류시킬 수는 없다. 그만한 매력은 없다.

나리는 '퀄리티스타트'가 무슨 말인지 모른다. 나는 한때 방 변호사와 야구장을 들락거려서 알고 있다. 지난 19년을 정리하자면 퀄리티스타트는 아니다. 그렇다고 역전이 불가능할 만큼 대량 실점을 한 것도 아니라고 생각하고 싶다. 예수한테 구속당하고 싶어 하는 엄마의 구속을 벗어난다면, 기회는 있다.

엄마의 사촌 동생인 안산 이모는 공장에서 기타 줄을 만든다. 얼마 전에는 「생활의 달인」에도 출연했다. 왕래가 거의 없어서 텔레비전을 통해 이모를 오랜만에 봤다. 엄마는 자기보다 계급이 낮은 사람은 잘 상대하지 않는다. 안산 이모는 기타를 칠 줄 모른다.

몰라도 된다.

무미건조한 방에서 이불을 뒤집어쓰고 누워 있다 사과 주스를 마시러 주방으로 간다. 엄마는 간식을 준비 중이다. 방 변호사도 주방에서 와인을 마신다. 소파 위에는 예수가 걸려 있다. 예수가 48평을 보며 혀를 찰 거다. 소파에는 서류들이 널려 있다. 방 변호사는 예수 앞에서 돈을 위해 거짓말하려고 준비한다. 엄마가 프라이팬을 숟가락으로 저으며 방 변호사가 좋아하는 연어 야채볶음을 하고 있다. 방 변호사가 가스레인지 위에 환풍기 버튼을 누른다.

"요리할 때 나오는 일산화탄소가 담배 피울 때보다 열 배가 넘는다잖아. 항상 후앙을 틀라고 몇 번 말하냐?"

내게 무언가 잔소리를 하려던 엄마와 눈이 마주친다. 엄마는 잔소리를 키핑한다. 피해자의 마음을 알았겠지. 사법 고시를 패스했으면 뭐하나. 환풍기를 후앙이라고 하는데. 방 변호사한테는 일제의 잔재가 수두룩하다. 여전히 가부장제에 갇혀 있다. 사건 파일을 읽다 머리가 아프면 컴퓨터로 고스톱을 친다. 고스톱은 일제의 잔재다. 국사에 의하면 지주회사 중심의 재벌도 일제의 잔재란다. 방 변호사는 그런 재벌을 위해 일한다. 내가 살고 있는 곳은 서울 속 리틀 도쿄라 불린다. 서울에서 가장 오래된 외국인 마을이 있다. 주로 일본 대사관 직원과 그 가족들이 마을을 형성했다고 한다. 방 변호사의 자동차도 일본산이다. 방 변호사는 한국과 일본이 축구를 할 때면 선수들이 그라운드에서 심장이 터져 죽더라도 꼭 이겨야 한다며 흥분한다. 잔재와 적대감 사이에서 줄을 타고 있다.

방 변호사의 잔소리가 꼬리를 물기 시작한다. 그는 술

도 꼬리를 물고 마신다. 학창 시절 영어 단어도 수학 공식도 꼬리를 물며 외웠다고 한다. 그에게 꼬리가 잡히지 않기 위해서라도 나는 이 집을 벗어나야 한다. 엄마는 꼬리가 아홉 개라 늘 잡혀 산다.

"냄비를 쇠숟가락으로 긁지 말라고. 냄비 바닥이 긁혀서 납중독에 걸린다니까. 납중독이 얼마나 무서운 줄 알아? 이유도 원인도 모르고 쓰러지는 거야. 나무로 만든 걸로 하란 말이야. 없어? 나무로 만든 거?"

"있어요."

아내를 무시하는 일제의 잔재다.

무지막지한 잔소리보다, 내가 방 변호사를 혐오하는 결정적 한 방은 따로 있다.

재작년 방 변호사 생일 때 삼촌과 고모가 집에 왔다. 방 변호사의 도움을 받기 때문에 삼촌은 의무적으로 집에 온다. 간호사인 고모는 유치원 선생인 남동생을 무시하지만 변호사인 오빠하고는 레벨이 얼추 비슷하다고 착각해서 종종 집에 온다. 방 변호사와 엄마의 생일은 빼놓지 않는다. 엄마는 고모가 사 온 선물을 인터넷에서 찾아 값을 알아본다. 그리고 고모 생일에 그와 비슷한 가격대의 선물을 산다. 고모가 엄마를 왜 언니라고 하는지 모르겠다.

그냥 친구 먹어도 되겠는데.

고모와 삼촌의 월급 차이는 약 두 배다. 방 변호사의 한 달 수입은 고모의 다섯 배가 넘는다. 고모는 방 변호사보다 삼촌과 가까운 계급이다. 외모 등급은 셋 다 동급이다. 나까지 5등급. 엄마의 형제는 아들 하나, 딸 셋이다. 외가는 친가보다 등급 분포도가 다양하다. 외삼촌의 외모는 3등급 정도다. 큰이모와 엄마는 2등급, 작은이모는 1등급이다. "시집을 거지같이 간" 큰이모의 경제력은 5등급 정도다. 외삼촌은 엄마와 비슷하고 작은이모는 엄마보다 한 단계 높다. 엄마는 작은이모와 잘 어울리지만 큰이모하고는 거리를 둔다. 엄마는 "나이 차이"라고 하지만 안산 이모처럼 계급 차이가 원인이다.

방 변호사 생일은 마침 일요일이었다. 나는 의무적으로 삼촌처럼 꿀꿀함을 억압해 가며 집에서 저녁을 먹었다. 물론 그렇다고 해서 내가 삼촌과 같은 부류가 되고 싶다는 건 아니다. 삼촌은 무능력할 뿐만 아니라 느끼하며 철도 없다. 내 외모가 3등급 정도만 되었어도 은근슬쩍 스킨십을 시도했을 거다. 엄마한테 얼렁뚱땅 스킨십을 시도하는 걸 몇 번이나 목격했다. 유치원 아이들은 괜찮을까.

방 변호사가 베란다로 나가 전화를 받았다. 나는 나를 걱정하는 척하며 스스로 안도하는 친족들의 희롱을 피해

베란다와 통해 있는 내 방으로 들어왔다. 친족들의 혀는 칼이다.

이중창 중 하나가 열려 있어서 방 변호사의 통화 내용이 조그맣게 들렸다. 알콜이 들어가면 방 변호사는 목소리가 커진다. 그것두 커지는지 술 마시고 온 날엔 엄마 방에서 신음 소리가 새 나온다.

통화는 담배를 세 개비나 피울 만큼 길게 이어졌다. 대학 친구였을 거다. 방 변호사는 대학 동창들쯤 되어야 대화가 된다고 한다. 웃기지도 않는 말을 웃지도 않고 잘도 한다.

방 변호사가 신세 한탄을 하는 듯했다. 회사 일은 물론 엄마도 한탄 안에 있는 듯했다. 그리고 나는 내 귀를 의심했다.

"자식 농사는 좆도, 죽 쒔다. 하나밖에 없는데……."

그 후 난 내게 열성유전자만 제공한 생부를 '방 변호사'라 칭하게 되었다. 생부가 아니기를 바랐지만 여러 정황과 엄마의 성향으로 봤을 때 안타깝게도 생부가 확실하다. 허니문 베이비라면 다른 기대를 할 수도 있는데 결혼 후 1년이 넘어 날 출산했다. 엄마는 자신의 고향에서 우암아파트 붕괴 사고가 나던 해 봄에 결혼했다. 김일성이 죽은 해 가을에 나를 낳았다. 아파트와 함께 엄마의 인생도 붕괴됐고 김일성과 함께 내가 좋은 가정에서 태어날 가능성도 사망했다.

엄마는 요즘 아줌마들답지 않게 순진한 구석이 있다. 학교나 학원에서 봐도 예쁘고 화장 진하게 하고 다니는 애들이 오히려 순진하다. 수수하게 보이는 애들이 호박씨를 잘 깐다. 엄마는 방 변호사 말고는 다른 남자들과 적당한 거리를 두는 거 같다. 얼굴값을 못한다. 같은 피트니스에 다니는 쇼호스트 아줌마가 애인이 있다며 겉으로는 욕을 하면서 속으로는 부러워하기만 할 뿐 애인을 만들지는 못한 거 같다. 방 변호사에게 자식은, 스스로 밝혔듯 나 하나밖에 없다. 그렇다면 '죽 쑨 농사'는 나다.

좆도…….

이를 닦은 후 방으로 들어가자 엄마가 내 휴대폰을 열고 문자 함을 확인하고 있는 게 아닌가. 내 안에서 경고등이 새빨개진다.

"뭐 해?"

난 최대한 혐오스러운 표정으로 엄마를 노려본다. 우리 모녀는 50센티미터도 안 되는 거리에서 50킬로미터는 떨어져 있다.

"너, 이게 뭐야?"

엄마가 CD를 한 장 들어 보였다. 에릭 클랩튼의 19집

앨범이다.

"쓰레기 같은 음악이나 듣고, 그럴 시간이 어딨어? 지금, 고3이."

"뭐라고? 쓰레기?"

"엄마가 텔레비전에서 봤어. 이게 이게, 친구 아이프랑 바람이나 피운 놈이라더구먼."

엄마가 CD를 흔들며 말한다.

"그래서?"

"그런 놈이 쓰레기지, 쏘세지냐?"

"나가!"

엄마가 가만히 나를 본다. 바람도 피우지 못하면서. 우리 모녀는 슬로모션으로 서로를 탐색한다. 거실에 방 변호사가 있으니 서로 일을 크게 만들고 싶지 않아 한다. 마음의 칼로 서로를 찌르려는 우리의 증오심을, 방 변호사도 들었을 거다. 방으로 쫓아온다면 그 또한 감당하고 싶지 않을 만큼 사건을 키워야 한다. 엄마에 대한 나의 불손함을 방 변호사는 용서치 않아야 한다. 지금껏 보여 준 설정이 그렇다. 엄마는 그런 방 변호사의 불호령으로부터 나를 보호하려 할 거다. 나 또한 괜한 에너지 낭비를 원하지 않는다. 각자가 어디까지 가기를 원하는지 우리는 모두 잘 알고 있다. 그게 48평 아파트의 살얼음 같은 평화를 유지하는 데탕트다. 한 명만 삐딱하게 발을 내디뎠다간 와르르 무너진다. 와장창 깨지는 48평이 보고 싶기도 하지만 일단은 때를 기다리자.

"나가라고."

나를 빤히 보고 있는 엄마에게 나는 더욱 불손한 표정으로, 조용히 말한다.

"너, 엄마한테 이렇게밖에 못 해?"

엄마가 침대에 걸터앉아 훌쩍거린다. 드라마에 갓 데뷔한 아이돌처럼 어설프다. 이럴 때면 엄마를 부위별로 분해해서 눈물샘을 찾아내 제거한 후 다시 조립하고 싶다. 분해한 채로 분리수거를 해도 괜찮겠다. 엄마는 재작년에 교회에서 주최하는 '바른 부모 되기 캠프'에 2박 3일 동안 참여했다. 성경 캠프에 가면 기억에 남는 성경 말씀은 없고 놀기만 하다 오는 것처럼 엄마도 바른 부모가 돼서 오진 않았다. 보나 마나 바른 부모 되기 캠프는 자식들 뒷담화 또는 자식 자랑의 자리가 됐을 거다. 구원교회에는 처음부터 구원을 받고 시작한 엄친아, 엄친딸이 수두룩하다. 구원교회의 구성원들은 SKY는 아니어도 '서성이한' 급은 된다고 볼 수 있다.

엄마는 몸매를 위해 하루 두 시간을 피트니스에서 보낸다. 지난주엔 피트니스에 다니는 아줌마들 중 비슷한 수

준끼리 인피니트 콘서트에 다녀왔다. 아줌마들의 욕망은 인피니트 같은 아들을 가지고 싶거나 인피니트 같은 애인을 가지고 싶은 걸 거다. 방 변호사는 엄마한테 50킬로그램이 넘으면 이혼하겠다고 종종 말했다. 일제의 잔재에 불과한 남편을 만난다면 내 몸무게는 이혼 사유다. 엄마는 1년에 360일가량 빠지지 않고 피트니스에 다닌다. 몸매 관리는 SKY감이다. 몸의 피하지방은 잘 태워 없애면서 감정의 지방질은 오히려 늘어나기만 한다. 난 엄마의 가장된 흐느낌을 진실로 받아들이지 않는다.

가짜니까.

방 변호사의 거짓은 구별하기 쉽지 않다. 당시엔 몰랐다가 시간이 지나서 알게 되는 경우가 태반이다. 반면에 엄마는 속마음이 쉽게 드러난다. 머리가 좋다는 건 거짓말을 그럴듯하게 할 수 있는 능력이다. 시험문제를 낼 때 출제자들은 함정을 판다. 머리가 나쁜 애들은 그 함정에 걸려든다. 나는 함정이 보일 때도 함정을 무시하다 보니 점수가 엉망이다. 머리가 좋은 애들은 함정을 탈출한다. 정직하게 내면 될 것을 왜 함정을 파는지 모르겠다. 함정은 속임수다. 속임수에 속지 않는다는 건 곧 속이는 능력이 있다는 말이다. 속이는 능력이 뛰어난 사람들이 SKY에 가고 그들이 결국 다 해 먹으니까 세상이 이렇게 거짓으로 충만한 거다.

"넌 좋아질 수 있어."

감정에 호소하는 작전이 먹히지 않았다는 걸 깨달았는지 엄마가 다시 모드를 바꿔서 말한다. 뭐가 좋아질 수 있다는 말일까. 어떻게 좋아질 수 있다는 말일까. 왜 좋아져야 한다는 말일까. 좋은 게 좋은 게 아닌데.

"왜냐하면 넌 내 딸이니까."

"엄마는 뭐가 좋아졌어?"

"아빠를 만났잖아."

"엄마 자신은 뭐가 좋아졌는데?"

"엄마는 결혼해서 행복해졌어. 너도 낳고."

나를 낳지 않았다면 서로의 행복 지수가 더 높았을 것을.

설득력 없는 말을 남기고 엄마가 나간다. 나는 문을 잠근다. 베란다에서 방 변호사의 '죽 쏜 농사'가 침입해 들어올지도 몰라 이중창도 다 잠근다. 방 안에는 이산화탄소가 풍부해진다. 죽 쏜 농사와 이산화탄소가 섞이면 일산화탄소가 될지도 모른다.

난 진공상태를 꿈꾸며 잠을 청한다. 난 좋아지지 않을 거다. 선천성 배드증후군이라고나 할까.

난 스트레스를 받을수록 잘 잔다. 나도 모르게 잠이 들었다가 한밤중에 깨어난다. 사과 주스를 마시러 거실로 나간다. 나는 사과 주스 중독이다. 언어 영역 비문학 독해에서 모든 중독은 나쁘다는 지문을 본 적이 있다. 정신적 빈곤을 채우기 위한 엄마의 쇼핑 중독보다는 낫다. 방 변호사나 과외의 우월감 중독보다도 건전하다.

엄마는 나 때문에 냉장고에 항상 사과 주스를 쟁여 둔다. 고마운 점이 없는 건 아니지만 그렇다고 엄마에 대한 본질적 혐오감이 희석될 정도는 아니다.

그런데!

안방에서 신음 소리가 들린다. 나는 안방 쪽으로 신경을 곤두세운다. 방 변호사가 위에 있고 엄마는 그 아래 깔려서 짐승의 짓거리를 하는 중인 거다. 그렇게 잔소리를 듣고서 그게 하고 싶을까. 죽 쑨 농사를 만회해 보려고 농사를 한 번 더 지어 보려는 걸까. 언젠가 늦둥이에 대해 말하며 방 변호사와 고모가 낄낄거렸던 적이 있다. 엄마는 분명 늦둥이를 가질 계획이 전혀 없다고 비장하게 선언했다. 짐승의 짓거리는 단순한 쾌락인 건가. 나도 그런 쾌락의 찌꺼기일 뿐인가. 아니면 엄마의 생각이 바뀌었나. 나이가 만만치 않지만 피트니스가 엄마의 자궁을 튼튼하게 만들어 주었을 거다.

방 변호사 아래서 다리를 벌리며 신음을 뱉는 모습을

그려 보면, 역겹다. 더군다나 방 변호사와 짐승의 짓거리를 한 다음 날 엄마의 표정은 해맑다 못해 투명한 블루다. 그런 엄마의 얼굴을 보면서 난 다크가 된다. 조물주가 만든 섭리는 왜 이 모양일까. 세상의 원리를 만들기 전에 자기보다 조금이라도 아름다운 존재와 상의를 했더라면 이리도 음란하지는 않았을 텐데. 하와만 좀 더 현명했더라면 인류가 시작되지 않았을 거고 그랬다면 지구의 모든 불행이 없었을 텐데.

방으로 돌아와 이불을 뒤집어쓴다. 라디오헤드의 「Exit music」을 재생한다.

출구는 없다.

여기서 끝내고 싶다. 그 결과가 어떻게 나오든 상관없다. 중간고사에서 조금이라도 점수를 더 받으려고 집중하는 애들은 1등급 내지 2등급이다. 5등급은 결과가 어떻게 나오든 중간고사가 끝나기만 바란다. 끝내야 한다. 그러지 않으면 「막달레나 시스터즈」의 마거릿처럼 「모래의 여자」의 모래의 남자와 여자처럼, 그리고 엄마처럼 속박되고 말 거다.

피로 죄를 씻게 하라

나는 일시적으로 그리스도의 편협한 품에 또 수동적으로 속박된다.

"그리스도 안에서 우리는 하나님 은혜의 풍성함을 따라 그분의 피로써! 비로소, 죄 사함을 얻었습니다."

"아멘."

'오직 예수'적인 신도들이 호응한다. 엄마는 옆에서 누구보다 열렬하게 "할렐루야"를 중얼거린다. 다행히 방 변호사는 교회에 오지 않았다. 삼촌에 대한 분노가 어느 정도 사그라진 모양이다.

예배가 끝나고 엄마는 베드로 목장으로, 나는 학원으로 향한다. 우리 모녀가 갈라질 때 은총이 함께한다. 던킨도너츠에 들러 커피와 카카오 허니딥, 바바리안 크림을 주문한다. 엄마가 알면 노발대발하겠지. 엄마의 노발대발이 없다면 굳이 커피와 도넛을 즐기지 않을는지도 모른다. 나의 커피와 도넛은 엄마의 '안티 커피, 안티 설탕'이라는 작용에 대한 반작용이다.

"어디야?"

전화기 너머로 엄마의 '작용'이 전달된다.

"학원 앞에 김밥집."

"뭐 먹어?"

"오므라이스."

"돌솥비빔밥 같은 거 먹으라니까."

다음엔 돌솥비빔밥으로 '반작용'해 주리라. 돌솥비빔밥은 할머니도 강추한 메뉴니까.

"8시에 끝나지?"

"잘 알면서 왜?"

"말 좀 예쁘게 하면 얼마나 좋아."

내 일거수일투족을 통제하려 하지만 않으면 얼마나 좋을까.

"끝나고 집으로 와서 저녁 먹어."

"그러든가."

커피를 받아서 2층으로 올라온다. 창과 정면으로 앉는

다. 사람과 정면으로 앉아 통하지도 않는 이야기를 하면서 속마음을 의심하는 것보다 정직한 각도다.

"앉아도 될까?"

"따라, 온 거예요?"

"니가 먼저 온 거지."

모래의 남자가 들고 있던 콜라를 탁자에 내려놓고 웃는다. 미소가 어울리지 않는다.

"목장은요?"

고개를 젓는다. 목장에 묶인 신세는 아닌 거 같다.

"생각이 바뀌었어요?"

"니가 도대체 나의 뭘, 어떻게 본 건지 알아야겠어."

"봤으면 된 거지, 어떻게 본 게 뭐가 중요해요?"

계집애처럼.

"봤다고 확신해?"

"봤으니까, 몰래 따지러 온 거 아닌가?"

난 모래의 남자를 본 게 아니다. 죽어 가던 고양이의 눈을 본 거다. 그 눈을 다시 보고 싶은 거고. 고양이도 날 보고 있었다. 고양이의 눈빛이 내 목을 졸랐다.

"뭘 본 거냐고!"

금방 폭력을 쓰기라도 할 것처럼 모래의 남자의 눈동자가 불안하다.

"화장실 좀 갔다 올게요."

날 응징하려고 미행한 건가. 거울 속에 비친 내 눈동자
도 불안하다. 사람을 잘못 고른 걸까.

자리로 돌아오자 모래의 남자가 멍하니 창밖을 보며
콜라를 마시고 있다. 창밖에는 비가 부슬부슬 내린다.

"이렇게 사람을 죽일 수는 없어. 더군다나 나랑 아무
상관도 없는 사람을."

"할 수 없죠."

나도 매달리는 스타일은 아니다.

"이유가 뭐야?"

"안 할 거면서 이유는 왜요? 신고하게요?"

"그건 아니지만……."

통유리를 때리는 빗소리가 굵어진다. 소나기가 쏟아지
고 있다. 창밖을 보니 미처 우산을 준비하지 못한 사람들
이 호들갑이다. 노점은 발 빠르게 우산을 준비해서 내놓았
다. 비 오는 거리엔 필요한 사람들과 공급하는 사람들로
나뉜다. 내가 필요한 사람이고 모래의 남자가 공급하는 사
람이 아니라, 필요한 건 모래의 남자고 나는 공급자다.

통유리에 비친 모래의 남자는 빗소리에 영혼이라도 팔
아 버린 거 같다.

"나가서 걸을래요?"

무슨 생각을 하는지, 무표정하게 날 본다. 아무 생각을 하지 않는 거 같은데, 고개를 끄덕인다. 가게 밖으로 나온다. 우산을 두 개 산다. 내가 사과 주스를 하나 집자 모래의 남자가 콜라를 집는다. 콜라 중독자 같다.

한강공원을 건는다. 먹구름이 잔뜩 껴서 어둑어둑하다 빗소리가 제삼자가 되어 주저리주저리 떠든다. 빗줄기가 더 굵어진다. 거리엔 점점 인적이 사라진다. 그 공간을 비가 채운다. 우리는 롤러스케이트장의 한가운데를 가로지른다. 누가 먼저 방향을 정한 것도 아닌데 자연스럽게 여기까지 온다.

내가 지붕 아래로 들어간다.

"왜 나였어?"

"나한테 도움을 요청했어요."

"누가? 내가? 그날 우연히 본 거 아니었어?"

"타이밍이 그렇잖아요. 왜 하필 그때, 그 시간에 거기서?"

"신이 내 요청을 너에게 전달하려고 우연히 목격하게 하기라도 했다는 거야?"

그럴 수도 있고. 제법 말이 통한다.

"고양이는 왜 죽었어요?"

"소름 끼치잖아. 근데, 너…… 고양이만 본 거야?"

"뭘요?"

"아니……."

"전에도 죽인 적 있어요?"

결백하다는 듯 고개를 흔든다.

"아저씨의 증오심은 뭐예요?"

"내 증오심은 법치주의야."

얼굴에 주체하지 못하는 냉소가 출렁거린다.

"너는 뭐가 문제야?"

"나를 둘러싸고 있는 모든 거……."

"마음에 드는 건 없고?"

"환경오염 정도?"

"왜?"

"신의 섭리처럼 깨끗한 척하지 않으니까."

강변북로에서 교통사고가 났는지 비상 깜빡이들이 흥분돼 있다.

"직업이 뭐예요?"

"공무원."

"만족해요?"

"반반이야. 내 능력에 비해서 공무원이 된 건 만족하는데, 하는 일은 지금껏 해 본 것 중 가장 재미없지."

비가 갑자기 굵어진다. 모래의 남자가 멍하니 비를 본다.

"재밌는 이야기 하나 들어 볼래?"

모래의 남자는 대학을 졸업하고 이런저런 일을 전전하다가 공무원 시험을 준비했다. 9년 동안 번번이 낙방했고 더 이상 공부할 염치가 없을 때, 아버지의 고종사촌인 손 집사가 공무원 자리를 마련해 주었다. 돈을 주고 특별 채용된 거다.

"한심하지?"

머리가 좋은 사람들은 덜 노력해도 공무원이 될 수 있고 머리가 나쁜 사람들은 악을 써도 될 수 없다면 돈을 주고 사는 것도 좋은 방법이다. 타고난 지능이 불공평하든 경제력이 불공평하든, 공평하지 않은 건 마찬가지니까.

"손 집사가 어떻게 부자가 됐는지 알아? 옛날에 다단계로 자석요 팔아서 번 거야. 나도 대학생 때 손 집사 때문에 5000만 원을 꼴아박았지. 공무원 자리를 소개해 준 건 그에 대한 일종의 면죄부지."

돈을 받고 모래의 남자를 채용하는 데 결정적인 역할을 한 사람이 하 과장이다. 하 과장이 모래의 남자를 노예처럼 부렸다. 하 과장의 모든 사적인 일에 모래의 남자는 하인이 되었다.

"하 과장을 죽이고 싶은데 고양이를 죽인 거네요."

"……."

"시도는 해 봤어요?"

고개를 끄덕이는 모래의 남자의 눈이 점점, 죽어 가던 고양이의 그것을 닮아 간다.

금요일 저녁이면 하 과장은 카페에서 취미 생활로 살사 댄스를 배웠다. 카페 밖에서 모래의 남자는 하 과장이 나오기를 기다렸다. 마침내 하 과장이 카페를 나왔다. 모래의 남자는 지난 몇 주처럼 하 과장의 뒤를 밟았다. 야구 모자를 쓰고 어딘가 있을 CCTV를 피하기 위해 고개를 숙이며 걸었다. 오랜만에 하 과장이 술에 취했다. 다른 길로 먼저 와서 골목에서 기다렸다. 인적이 드물었다. 하늘이 기회를 주었다고밖에 해석할 수 없었다. 하 과장이 살사의 동작을 응용한 듯 몸을 조금씩 흔들며 걸었다. 그때, 하 과장이 갑자기 모퉁이를 서둘러 돌았다. 오늘이 지나면 더 이상 기회가 없을지도 모른다고 생각했다. 하 과장이 눈치를 채고 도망을 간 걸지도 몰랐다.

모래의 남자가 서둘러 모퉁이를 돌자, 하 과장이 벽을 잡고 토하고 있었다. 가로등은 멀리 있어서 어두웠다. 하 과장의 뒷모습을 보고는 마음을 다잡았다. 하 과장만 없다면 다시 시작할 수 있을 거 같았다. 그것이 무엇이든 적어도 지금 같지는 않을 거 같았다. 가방에서 벽돌을 꺼내 하 과장의 머리를, 마침내, 내리쳤다. 벼르고 별렀던 일이었다. 하 과장을 미행하고 기회를 엿본 지 열두 번째 날이었다. 하 과장은 별 비명을 지르지도 못하고 그대로 쓰러졌다. 이제 가방에서 칼을 꺼내 마무리를 하면 끝나는 순간이었다. 목을 그을까, 신장을 찌를까. 행복한 선택의 순간이 다가왔다.

윙…….

진동이 울렸다. 주머니를 뒤졌지만 휴대폰은 잠잠했다. 하 과장의 주머니가 진동의 발신지였다. 진동을 무시하고 칼을 꺼냈다. 주변을 둘러보았다. 아무도 없었다. 지금껏 그래 왔던 것처럼 세상은 모래의 남자한테 아무 관심이 없었다.

윙…….

진동의 여운이 오래 남았다. 하 과장의 주머니를 뒤져 휴대폰을 꺼냈다. 하 과장의 딸, 수정이의 환한 얼굴이 휴대폰에 떴다. 하인 노릇을 하다 보니 하 과장의 집에도 몇 번 드나들었다. 수정이는 착하고 예쁘며 공부도 잘했다. 휴대폰을 다시 하 과장의 주머니에 넣었다. 진동이 멈췄다. 다시 굳게 결심을 한 후 칼을 들어 하 과장의 목을 겨눴다.

윙…….

아빠를 좋아하는 수정이의 슬픈 예감이 주머니에서 진동했다.

윙…….

결국, 모래의 남자는 수정이 아빠를 죽이지 못했다.

"하 과장이 술 마시고 진심을 털어놓은 적이 있었거든. 넌 죽을 때까지 내 꼬붕이라고."

"공무원을 그만두면 되잖아요."

"단지 하 과장만의 문제가 아니야. 늘 그랬어. 난 언제나 내 주인이 아니었어."

모래의 남자가 콜라를 바닥까지 마시고 빗속에 던진다. 그의 얼굴이 말투처럼 푸석푸석하다.

"생각이 변했어. 니 생각이 변하지 않았다면."

그럴 줄 알았다.

"내가 원래 하루에도 몇 번씩, 머리가 빠개지도록 두통이 심한데, 지난 일주일 동안 거짓말처럼 두통이 사라졌어."

"내가 뭐랬어요."

"궁금한 게 두 가지 있어. 누구를 죽여야 하는지부터 알아야겠어. 누구야?"

"다른 하나는요?"

"먼저 대답해."

"먼저 대답해요. 내 생각이 바뀔 수도 있으니까. 두 가지 다 들어 보고 결정할 건데."

바닥에 빗물이 고여 있다. 우리는 빗물에 비친 서로를 본다. 누가 먼저 상대를 정확하게 간파하느냐가 승패의 관건이다.

모래의 남자가 담배를 피운다.

아마도 교회에서부터 날 따라왔을 거다. 도넛과 커피를 주문하고 기다리며 엄마와 통화하는 동안 날 지켜봤을 거다. 내가 약속이 있을 수도 있기 때문에 쉽게 내 앞에 나타나지 않았을 거다. 내가 혼자란 걸 확인한 다음 자신을 드러냈다. 조심성은 일단 합격점이다.

모래의 남자가 느닷없이, 눈물을 흘린다.

"난, 난…… 어떻게 날 알았지? 도대체, 너는 누군데?"

내가 알아봤다기보다 모래의 남자가 보여 준 거다.

"사실…… 너한테 거짓말했어."

누구나 하는 건데, 뭘.

"그날, 난 칼을 도로 집어넣고 집으로 왔는데, 하 과장이 죽었어. 넉 달 전 일이야. 경찰은 아리랑 치기 때문에 죽은 걸로 보고 있어. 그 근방에서 누군가 아리랑 치기를 하다가 걸리면 하 과장 살인 사건의 용의자가 되겠지."

"따라갔을 텐데 어떻게 CCTV에 들키지 않았어요?"

"하 과장이 집에 가는 길을 알고 있었거든. 그래서 난 다른 길로 따라갔고."

"멋지네요."

"난 이제 노예가 아니야. 그런데, 이상하게 채워지지 않는 게 있어. 뭔가가 계속해서 꿈틀거려."

"그게 뭔데요?"

"그게 뭐냐고? 그게!"

손에 든 담배가 부들부들 떨린다.

"니가 본 거잖아. 니가 대답해야지. 나한테서 뭘 본 건지."

"내가 제일 좋아하는 말이 뭔 줄 알아요?"

"......?"

"피로 죄를 씻게 하라."

빗줄기가 다시 수선스럽다.

"그날 고양이를 죽이는 아저씨 뒷모습에서 그걸 봤어요."

"뭘?"

"피로 죄를 씻게 하라."

모래의 남자가 웃지도, 안 웃지도 않는다. 이제야 어울린다.

"두 번째는 뭐예요?"

"너는 나한테 뭘 해 줄 수 있는데?"

"월급이 얼마예요?"

"내 월급? 200 정도?"

"10년 치 월급을 줄게요."

"그럴 돈이 있어?"

내 통장엔 현재 300만 원쯤 있을 거다.

"지금은 없지만 아저씨가 성공하면 생기죠."

"어떻게?"

"죽일 사람이 부모니까."

모래의 남자가 멈춰 버린다.

나는 모래의 남자를 향해 웃는다. 내 미소가 빗물에 반사된다. 백설공주 새엄마의 미소다.

생겨 먹은

오늘도 예배가 끝나고 엄마는 목장으로, 나는 학원으로 간다. 엄마가 교회에 미쳐 사는 건 방 변호사의 구속에서 벗어나 하나님의 구속에 들어가기 위해서다. 엄마는 모른다. 구속은 구속일 뿐이다.

던킨도너츠에 들러 점심을 먹는 동안 엄마한테 전화가 오고 돌솥비빔밥을 먹고 있다고 '반작용'한다. 엄마가 목장에 있는 동안은 엄마의 주파수에서 두 시간쯤 벗어날 수 있다. 학원 사탐은 널널하다.

저 인영인데요. 오늘 좀 늦을 거 같아요.

그려. 방황 빨리 끝내고 일찍 와.

아마도 엄마한테 알리진 않을 거다. 알린다면 엄마는

현정이를 만나고 왔느냐고 물을 거고 그렇다고 하면 된다. 욕을 먹고 신세 한탄을 듣더라도 더 이상 추궁하지는 않을 테니까 그게 속 편하다.

전동차가 온다. 진행 방향 맨 앞 칸에서 타 문 쪽을 향해 선다. 두 정거장이 지나간다.

"비가 올 거 같은데."

모래의 남자가 옆에 온다.

"우산은 가지고 왔니?"

"우산 따위, 안 가지고 다녀요. 계획은 뭐예요?"

"계획? 계획은……."

"옷은 어디서 사세요?"

"옷? 옷은 뭐…… 그냥 동네, 유니클로 같은 데서."

"그날 뭘 입을 거예요?"

"그날? 아, 글쎄……."

"당장 동대문으로 가세요. 사람이 아주 많은 곳에 가서 아주 평범한 걸로 하나 사세요. 기억해요. 절대 튀지 않는 걸로. 누가 봐도 어디서 샀는지 알 수 없는 흔해 빠진 걸로."

"어려운 일은 아니지."

"쉬운 일이죠. 그리고 키높이 구두를 하나 사세요. 10센티미터 정도."

모래의 남자가 휴대폰을 확인한다.

"옷이랑 구두는 그날만 입으세요. 그 전에도, 그 후에도 절대로 입으면 안 돼요. 가방에다 옷하고 구두를 싸서 지하철역에 들어가서 갈아입어요. 입고 온 옷이랑 구두는 가방에 넣고 화장실 안에 잘 숨겨 둬요. CCTV에 찍혀도 화장실에서 나올 땐 가방을 메지 않는 거죠. 키도 커졌으니 의심을 안 받을 거예요. 5번 출구로 나와서 걸어요. 당연히 모자는 깊게 눌러쓰고. 일이 끝나면 무조건 지하철역으로 가서 지하철을 타세요. 그 전에 지하철역 화장실로 가서 다시 옷을 갈아입어요. 화장실을 들락거리는 사람이 많아야 돼요. 그래야 아저씨가 눈에 띄지 않으니까."

"그럴게."

"그리고 그때 입은 옷은 절대로 다시 입지 말고 쓰레기봉투에 넣어서 빨리 버리세요. 아저씨 동네 말고 먼 동네 아무 데나 가서 버려야 돼요. 그 동네에서 버릴 수 있는 쓰레기봉투를 구입해서 그 안에다. 차는 있어요?"

"자동차? 있지."

"어디 사세요?"

"원룸에."

"지하에 주차장 있죠? CCTV도 있고?"

"그렇지."

"CCTV가 잘 보이는 곳에 차를 대 놓고 추석 연휴 내 내 차를 사용하지 마세요."

"너…… 처음이 아닌가?"

그럴 리가.

"내 계획은 좀 다른데."

"있었어요?"

"나는 오토바이 택배로 위장하려고 했거든. 택배 박스 하나를 들고 오토바이 헬멧을 쓰고 가면 어디에도 내 얼굴이 나오지 않을 거 아니겠어?"

"헬멧을 쓰면 오히려 더 튈 거 같은데. 경비 아저씨가 와서 괜히 말을 걸어 볼 수도 있고. 부녀회가 극성스러워서 경비 아저씨가 출입하는 사람들을 체크하거든요."

"그럼 경비가 순찰 도는 시간을 체크해서 그 시간만 피하면 되겠다. 그건 니가 알려 주면 되고."

"어려운 일은 아니지만 잘하는 건지 모르겠네요."

"추석이라 경비가 더 바쁠 거야. 외부 차량이 많이 드나들잖아."

"좋아요. 그럼 내가 세운 계획이랑 섞어요. 아저씨는 말랐으니까 속에 두껍게 입어요. 그럼, 경찰이 CCTV를 보고 덩치가 좋은 사람을 찾겠죠. 바지도 안에 쫄쫄이 같은 거 입어요. 자연스럽게 통통해 보여야 돼요. 헬멧도 어디서 산 건지 알 수 없는 흔해 빠진 걸로. 당연히 그날만 쓰고 옷이랑 같이 처분해요."

전동차 문이 열리고 사람들이 타고 내린다. 내가 '살인의 조감도'를 건넨다. 우리 집 위치, CCTV 위치, 현관문 비밀번호와 엄마 패물이 있는 곳을 상세히 표시해 놓았다.

"전화번호도 모르고 우리는 어떻게 보지?"

"매주 이 시간에 오늘처럼 봐요. 할 말이 있는 사람은 나오는 거고 없는 사람은 안 나오는 걸로."

"그럼, 둘 다 할 말이 있어야 만날 수 있는 거네?"

"그렇죠. 자주 만나는 건 좋지 않을 거 같아요. 또 할 말 있어요?"

"둘 중 누구라도 생각이 바뀌면 어떡해?"

"그런 일은 없어야죠. 내가 다니는 교회도 알고 우리 집도 알지만, 절대로 지하철에서만 만나는 게 여러모로 좋을 거 같아요. 아니, 그렇게 해야만 해요. 영화 같은 데서 보면 꼭 질서를 어길 때 들통이 나거든요."

"그날 이후에는?"

"가능하면 당분간 안 보는 게 좋죠. 사람들이 사건을 잊을 때까지."

모래의 남자가 고개를 끄덕이는 게 차창으로 보인다. 알았다는 건지, 다른 생각을 하고 있는 건지는 알 수 없다.

"필요하면 찾아갈게. 아무도 눈치채지 못하도록."

나도 애매하게 고개를 끄덕인다. 전부 내 말대로 할 거라고는 애초부터 기대하지 않았다. 한 가지 마음에 드는 구석이 있다면 구구절절 구질구질하게 자신을 설명하지 않는다는 거다. 설명은 자랑 아니면 변명이다. 보이는 대로 보는 사람이 알아서 판단하면 되는데, 볼 필요가 없으니까 보이지 않는 걸, "내가 원래", 굳이 장황하게 떠든다. 모래의 남자한테는 자신이 주인공이어야 한다는 욕심이 보이지 않는다.

순진한 야생 같다.

집에 들어오자 문명의 냄새가 코끝을 찌른다.

"엄마, 할 말이 있어."

"너, 담임 선생님한테 대학에 안 갈 수 있으면 안 가겠다고 했다면서?"

"진로 상담하는데 아무것도 모르니까 짜증 나서 한 말이지."

"뭘 모르는데?"

"아무것도. 이번 주에 신화창조에서 입시 전문가가 와서 상담한대."

"알아. 너는 수요일에 할 거야. 할 말은 뭐야?"

"추석 동안 논술 캠프 할까 봐."

겨우 찾아낸 아이디어다. 경기도 산골에 있는 기숙 학원에서 추석 연휴 동안 숙박하면서 공부하는 캠프에 가겠다고 말하자 엄마가 좀 놀란다.

"어디 가게?"

"이대."

"최저 등급은 어쩌고?"

"수능 잘 보면 되지. 안 되면 최저 없는 숙대도 있으니까."

"영어 제시문 나온다며?"

"생각보다 어렵지 않아. 해 보는 거지, 뭐."

"숙대도 영어 제시문 있어?"

"없어."

논술에 나오는 영어가 쉬울 리 없다. 내가 여대에 갈 일은 없다. 남자가 좋은 건 아니지만 여자끼리 있는 곳은 정신병원 같다. 그 병원에서 일하는 남자들은 하나같이 변태다.

"우리 딸 장하긴 한데, 꼭 기숙 학원으로 가야 해? 그럼 추석 제사도 못 지내잖아."

"기숙에 오는 선생들이 실력이 좋대. 책임감도 강하고. 밤늦게까지 애들 글 쓰는 거 봐준다잖아. 올해 한 번만 추석 차례는 생략하고."

"집에서 다니면 엄마가 집에 있으면 되는데."

"괜찮아. 내가 뭐 어린앤가? 근데 좀 비싸."

"얼만데?"

"124만 원."

"니가 그런 걸 왜 걱정해?"

기숙 학원에 오는 선생 실력이 좋다는 건 사실무근이
다. 가서 먹고 자면서 밤늦게까지 무식한 방법으로, 가뜩
이나 골치 아픈 논술을 공부하는 척해야 한다는 게 끔찍
하지만 추석 연휴 때 집을 비울 수 있는 유일한 알리바이
다. 학교에서 저녁을 먹다가 불현듯 떠오른 방법에 나는
유레카를 외쳤다. 내 머리가 꼭 나쁜 것만은 아니다. 국영
수만을 중심으로 평가하는 기준이 한심한 거다.

방에 돌아와 플로렌스 앤드 더 머신의 「Girl with one
eye」를 듣는다. 보컬 이름이 플로렌스 웰치다. 권총 자살
한 밥 웰치와 성이 같다. 하긴 방 변호사도 방정환과 성
이 같지만 어린이한테 전혀 관심이 없다. 내가 어렸을 때
도 관심이 없었다. 바빠서라지만 시간이 날 때도 자기를
위해서만 시간을 사용할 뿐이었다. 자기가 좋아하는 야구
장에나 데려갈 뿐 내가 좋아하는 게 뭔지도 몰랐고 아직
도 모르고 영원히 모를 거다. 고모가 방 변호사한테 늦둥

이를 하나 더 낳을 거냐고 물었을 때 '아이'라고 하지 않고 '아들'이라고 했다. 내가 없는 동안 방 변호사가 아들이 아닌 딸에 대한 섭섭함을 토로했기 때문일 거다. 그렇다고 섭섭한 건 아니다. 기대가 없으니까.

아침에 학교 가는데 엄마가 논술 캠프 예약해야 되지 않느냐고 하면서 녹즙을 준다. 사과 주스를 섞어서 그나마 먹을 만하다. 며칠 동안 엄마가 내게 온화하다. 내 마음가짐을 흐트러뜨려 놓기 위한 걸까. 나는 엄마와 함께 살 수 없을까. 이 질문은 거꾸로 해야 한다. 엄마는 왜 나와 함께 살 수 없을까. 왜 캥거루 주머니 속에 날 집어넣으려는 걸까. 그것도 예쁜 새끼 캥거루로 만들어서. 엄마는 날 낳았을 뿐이지 돈을 주고 구입한 게 아니다. 엄마는 불량품을 구입한 것처럼 나를 수선하려고 애쓴다. 고쳐지지도 않기에 난 엄마의 기대치에 한참 모자란다. 애초에 좋은 물건을 구입했어야 한다. 엄마도 수없이 예수를 원망했을 거다. 난 캥거루가 될 수 없다. 왜냐하면 인간이니까.
엄마라는 "여자여, 나와 무슨 상관이 있나이까."

학교엔 약 냄새가 진동한다. 급식에 '불투명한 미래 노이로제' 환자들에게 처방하는 약이 녹아 있을지도 모른다. 담탱이는 프로포폴을 투약한 연예인에게 욕을 퍼붓는다. 내 돈 주고 내가 약을 맞겠다는데 왜들 난리인지 모르겠다. 자유주의국가라면서.

오늘 뭐해?

현정이한테 문자가 온다.

아무것도.

역시 ㅋㅋㅋㅋ.

뭐가 웃긴 걸까. 현정이는 대화가 깊어지거나 심각해지면 집중을 하지 못한다. 언젠가 참다못해 내가 한마디 했다.

"생각 좀 해 봐."

"내가 아침저녁으로 하는 게 생각이야. 니가 죽으면 뼈가 남겠지만 내가 죽으면 생각이 남을걸?"

어림도 없는 소리다. 그래도 내가 현정이를 계속 보는건 'ㅋㅋㅋㅋ'다. 때론 무뇌아 같긴 하지만 'ㅋㅋㅋㅋ' 정도가 나에게 필요한 현정스러움이다. 그 이상이 필요하다면 현정이가 아닌 다른 아이와 관계를 유지했을 거다. 'ㅋㅋㅋㅋ' 이상의 관계는, 지금 내게는 필요 없다.

현정이가 학교 근처에 와서 저녁을 먹기로 한다. 웬일로 밥을 산단다. 우리는 빕스에 간다. 현정이는 풀때기만 먹는다.

"고민 있어?"

둔하던 현정이가 학교 밖에서 험하게 살아서 그런지 눈치가 빨라졌다.

"고민이야 늘 있지."

"그래도 넌 니보다 낫잖아."

"뭐가?"

"아빠가 부자니까."

"내 돈이냐?"

"니 돈처럼 쓰잖아."

조만간 그렇게 되리라.

"재미있는 일 없어?"

"하나 있어."

현정이는 기다렸다는 듯 정말 재미있는 일을 말해 준다. 모델 학원에 다니는 언니들과 어울리다가 스폰서 제의를 받았단다. 상대는 30대 후반의 아저씬데 골프장을 소유하고 있는 사람이다.

"그래서 어쩔 거야?"

"생각 중이야. 니 생각도 궁금하고."

현정이의 내신은 7등급 정도다. 그나마 내가 좀 낫다고 나한테 물어보러 온 거다.

"스폰서면 매일 그 짓을 해야 돼?"

"매일은 아니고. 일주일에 한 번쯤. 오피스텔에서 살게 해 주고 매달 용돈으로 300 준대."

"한 번에 75만 원? 와우!"

"내가 그 정도는 되지."

무엇을 근거로 한 계산인지 알 수 없다.

"데이트도 해야 돼? 영화도 보고 팔짱 끼고 덕수궁 미술관도 가고?"

"결혼한 사람이니까 밖에서는 안 만날 거래. 오후에 와서 밤에 갈 거 같아."

"집에선 뭘 해?"

"그거 하고 맛있는 거 먹고, 그러지 않을까? 어쩌면 좋을까?"

"글쎄…… 넌 어쩌고 싶은데?"

"모르겠어. 그러니까 물어보러 왔지."

"먹으면서 생각 좀 해 보자."

나는 세 번째 접시를 들고 이번에는 추로스와 아몬드 쿠키, 뉴욕 치즈케이크를 집중적으로 공략한다.

"안 할까 봐."

이번에도 샐러드만 조금 담아 온 현정이가 말한다.

"왜?"

"내키지 않아."

"해. 알바 해야 얼마나 번다고. 세상에 그런 게 어딨냐? 난, 적극 추천이야."

"갑자기 왜?"

"아까는 답이 안 보였는데, 치즈케이크를 보니까 문제가 풀렸어."

달콤함이 들어와야 미래도 달콤하게 볼 수 있다. 현정이가 애매한 미소로 고개를 젓는다.

"안 할래."

"그러든가."

"이건 아니야."

그럴 걸 왜 그 이야기를 꺼낸 건지.

난 학원에 가면서 현정이를 생각해 본다. 자랑하러 온 걸까.

모의고사 등급은 현정이가 나보다 낮지만 외모 등급은 월등하다는 걸 뽐내고 싶었던 걸까. 사회가 원하는 건 나보다 자신이라는 걸 확인시켜 주고 싶었던 걸까. 나는 공부도 안되지만 스폰서도 붙지 않는다는 걸 알려 주고 싶었던 거다. 부모의 경제력이 우월할 뿐 내가 현정이보다 우월한 건 없다는 사실을 치즈를 구겨 넣으며 깨달으라는 의도다. 내가 현정이를 'ㅋㅋㅋㅋ' 정도로 보고 있다는 걸 그녀도 알고 있을 거다. 현정이 입장에선 내가 'ㅋㅋㅋ

ㅋ' 정도일까. 나와 문자를 주고받을 때 현정이의 입가에는 안도의 'ㅋㅋㅋㅋ'가 돌고 있을까.

이미 알고 있다. 바보 년, 「무릎팍도사」에 나온 연예인처럼 뻔한 말을 하다니.

현정이도 내 인간관계 목록에서 삭제된다. 어쩌면 현정이가 먼저 날 삭제하고 마지막으로 희롱하러 온 걸지도 모른다. 난 상처받지 않는다. 현정이는 유진이가 삭제된 후 친구가 없어서 만나는 임시 관계였을 뿐이니까.

기숙 학원 바깥은 바로 산이라 창문을 열면 나무 냄새가 흘러 들어온다. 2인 1실을 혼자서 쓴다. 잠자는 방마저 함께 쓴다는 건 내 시간이 완전히 없어지는 거나 다름없다. 기숙생들이 추석을 맞아 집에 갔기 때문에 방이 남아돈다. 그런데도 무섭다며 다른 여학생들은 방을 함께 쓰겠다고 한다. 처음부터 계집애들이 마음에 들지 않았다. 그렇다고 느낌이 있는 남학생이 있는 것도 아니다. 서로에 대한 관심도 없어 보인다. 나야 알리바이 때문에 기숙 학원에 와서 추석을 쇠지만 다른 아이들은 정말 대학을 가기 위해 자기 건지 남의 건지도 모르는 열정을 불태우고 있다. 아직도 모르고 있는 듯하다. 그들이 가려는 곳엔 결코 답이 없다는 허술한 진리. 엄마도 속고 할머니도 속았을 대국민 사기극을 내 또래들도 여전히 추종하고 있다.

"역사는 진보한다는 이론이 있고 순환할 뿐이라는 이론도 있어. 너는 어떻게 생각해?"

오전 수업 때 논술이 나한테 물었다.

"순환이죠."

"왜?"

"옛날이나 지금이나 똑같은 짓을 계속하고 있으니까요."

"가령?"

"조선 시대 때도 무전유죄 유전무죄, 지금도 마찬가지잖아요."

"그런가? 근거는 뭐가 있을까?"

"부자는 아무리 큰 잘못을 해도 법무법인에서 감옥에 가지 않게 해 주거든요."

선생이 다른 아이들에게도 질문을 했는데 나만큼 현실을 간파한 사람은 없었다.

어른들이 만들어 놓은 기준을 넘지 못하는 떨거지들은 왜 기준을 그렇게 만들었느냐고 항의하지도 않고 기준에 턱걸이하기 위해 여념이 없다. 그래서 떨거지가 될 수밖에 없다. 기준에 부합하는 똘똘한 아이들은 기준이 잘못됐다는 걸 알아도 따지지 않는다. 어차피 자신들에게 유리한 게임의 룰을 바꿀 필요가 없기 때문이다. 죽자 사자 노력해도 별 볼 일 없는 길은 애초에 가지 않을 테다. 최소의 비용으로 최대의 효과를 얻을 테다. 최대의 노력으로 최소의 효과도 내지 못하는 떨거지들과 한 반에서 함께 논술 예상 문제를 풀어야 하는 게 답답하지만 추석 연휴 동안은 어쩔 수 없다. 일이 계획대로 성공한다면 이틀만 참으면 된다.

여기까지 와서 예쁜 척을 하는 여학생들이 눈에 거슬려서 괴로운 캠프가 될 거 같다. 학교도 교회도 괴롭긴 마찬가지다. 사람들은 왜 행복하게 살려고 하지 않는지 모르겠다. 분명 행복하게 살 수 있는 방법이 있을 텐데 편을 가르고 등급을 매기고 안달복달한다. 외모 지상주의의 혜택을 받는 건 극소수인데도 손해를 보는 다수가 그걸 숭배한다. 불행은 선천적이다.

삼촌은 방 변호사와 할머니의 반대에도 불구하고 유아교육과에 진학했다. 언젠가 방 변호사가 삼촌을 욕하자 할머니가 말했다.

"할 수 없지. 지가 좋다는데."

"어머니는 그놈이 하는 게 옳다고 보세요? 사내자식이 불알 달고 그게 할 짓이에요? 중학교 선생도 아니고."

"어쩌겠냐, 형인 니가 이해해야지. 애초 그렇게 생겨먹은 것을."

사람들이 서로 할퀴는 건 목표를 향해 달리는 과정에서 어쩔 수 없이 발생하는 문제라기보다 처음부터 그렇게 "생겨 먹었"기 때문이다. 우리가 세계 최고의 부자 나라가 돼도 서로 못 잡아먹어서 으르렁댈 거다. 한반도의 인간성은 원래 그렇게 생겨 먹었다. 엄마가 원하는 대로 고대나 이대에 들어가면 엄마는 또 로스쿨을 준비하라고 달달 볶을 거다. 내가 변호사가 되면 방 변호사와는 다른, 말로 먹고살지 않는, 좋은 남자를 만나라고 안달할 거다. 안달복달이 끝날 즈음 엄마는 숨을 거둘 거다. 그때 이미 나는 속이 터져서 먼저 죽어 버렸을지도 모른다. 엄마 말대로 방 변호사는 언제나 "뼈 빠지게" 부자들을 변호한다. 노후를 위해서라면 지금도 충분하다. 방 변호사는 '일'을 위해서 일하고 있다. 엄마는 '오기'를 위해 극성을 부린다.

오후 수업의 주제는 세대 갈등이었다. 소포클레스의 아들이 법정에서 자기 아버지가 미쳤다고 증언했다. 그 이유는 아버지의 재산을 빼앗기 위해서였다고 제시문은 말했다.

논술 캠프에 오기 전 케이블 방송에서 본「킬 빌」은 정체성에 관한 이야기였다. 살인 청부업자였던 여자가 임신을 하자 더 이상 사람을 죽일 수 없어 조직으로부터 도피한다. 그리고 결혼을 한다. 함께 일하던 청부업자들이 결혼식장으로 찾아와 임신한 여자에게 총을 쏜다. 간신히 살아난 여자가 청부업자들을 하나씩 제거해 나간다. 마지막으로 여자가 빌을 죽이러 간다. 여자가 빌에게 묻는다. 도대체 나한테 왜 그런 거냐고. 그러자 빌은 기다렸다는 듯 구구절절 설명한다.

"니가 떠나고 석 달을 울었어."

여자와 빌의 대결이 펼쳐진다. 여자가 빌에게 심장 파열 권법을 사용한다. 여자에게 당한 빌이 묻는다. 파이메이한테 그 권법을 전수받은 걸 왜 숨겼느냐고. 그러자 여자가 대답한다.

"나도 모르겠어…… 왜냐하면…… 나쁜 사람이니까……."

사랑하던 여자가 자신을 떠났는데 그녀를 찾아서 도로 데려오는 게 아니라 자신의 아이를 임신했는데도 죽이라고 명령한 건, 빌이 애초에 그렇게 생겨 먹었기 때문이다. 사랑하는 사람에게 자신의 능력을 속인 건 그녀가 그렇게 생겨 먹었기 때문이다. 소포클레스의 아들은 욕심쟁이로 태어났다. 방 변호사는 '변호'스럽게 태어났다. 딸과 '변호'가 물에 빠진다면 방 변호사는 '변호'를 구할 거다. 애당초 그렇게 생겨 먹었으니까.

존 커들

낙타가 뙤약볕을 향해 숨구멍을 활짝 연다. 50도는 족히 넘는 거 같다. 낙타의 몸에서 땀이 장마처럼 쏟아진다. 낙타가 나타나다니…… 꿈이다. 낙타 위에서 나는 자꾸 미끄러지려 한다. 나도 내 몸이 미끄럽다. 내 몸은 나를 잡을 수 없고 난 내 몸을 놓친다. 나는 낙타의 목을 꼭 부여잡고 떨어지지 않으려 낑낑댄다. 지금껏 떨어지지 않으려 나름 노력해 왔다. 시집가서 시아버지 구두나 닦지 않으려고 애를 써 왔다.

그래 봤자, 다. 낙타에서 떨어진다.

"젠장! 모래가 입에 들어갔어."

"넌 이름이 뭐니?"

"방인영인데?"

"넌 니 이름도 모르는구나?"

"맞는데? 니 이름은 낙타고."

"낙타 같은 소리! 그건 사람들이 지들 멋대로 부르는 거고. 내 이름은 한국말로 하자면 '절망'이야."

"절망? 그건 누가 지은 건데?"

"조상이."

"낙타의 조상이 누군데?"

"낙타지 누구야."

"왜 하필 절망이야?"

"그거야 나도 모르지."

"사막을 건너는 운명이 절망적이라는 거야? 그럼, 인간도 이름이 절망이어야 하는데?"

"원래 조상들이란 게 지들 멋대로잖아."

"우리 할머니는 똑똑했는데."

"너네 할머니 얘기가 나와서 말인데. 예전에 기억나? 여름이 오기도 전에 너무 더웠어. 그리고 장마가 일찍 찾아왔지. 그랬더니 할머니가 그랬어. 비가 오려고 더위가 일찍 왔구먼."

"그런 일이 있었어?"

"그러니까 니가 따졌어. 할머니, 더우니까 비가 온 거

148

야, 비가 올 거니까 더운 거야?"

"아, 기억난다. 중학교 1학년 때."

"아무튼."

"그런데 그 얘길 왜 해?"

"니가 살인자라 부모를 죽인 걸까? 아니면, 부모가 널 살인자로 만든 걸까?"

"이제 와서 그게 무슨 소용이야?"

"니가 누구고 왜 그랬는지는 알아야지."

"넌 내 이름을 알아?"

낙타가 고개를 끄덕인다.

"뭔데?"

"존 커들."

"그게 누군데?"

"콜로라도에 살던 소년이야."

"콜로라도면 미국?"

"그냥 콜로라도야. 엄마가 방 청소를 하라고 해서 엄마를 총으로 쏴 죽였지. 그리고 아무 일도 없다는 듯 오락에 열중했어. 계부까지 총으로 쏴 죽이고 다음 날 계부의 차를 몰고 학교로 갔어. 선생님들은 소년이 무척 행복해 보였다고 진술했어."

"난 방 청소 따위가 싫어서 엄마를 죽인 게 아니야."

"왜 죽였는데?"

"그건…….""

모래바람이 흩날린다. 바람이 가라앉자 나는 머리에 묻은 모래를 털어 낸다.

"방 변호사는?"

"엄마가 없다면 방 변호사는 있을 필요가 없지."

"이유는 원래 있는 게 아니고 새로 만드는 거니까."

"존 커들은 언제 죽었는데? 내가 환생했다는 거야? 환생했다면 영어라도 잘하든가."

"아니, 소년은 아직 감옥에 있어."

"그런데 지금 살아 있는 사람이 어떻게 나란 말이야? 말이 안 되잖아."

"환생 같은 건 헛소리야. 넌 존 커들이야. 그게 변함없는 진리지."

"뭐가 진리라는 거야? 환생하지 않는 게?"

"니가 존 커들이라는 게 진리라고. 진리는 각자 하나밖에 없는 거야."

"도무지 말이 안 되잖아."

"원래 진리는 말이 안 돼. 말이 되는 건 말을 만들기 위해 만들어 낸 것에 불과해."

낙타가 나를 보고 씩 웃는다. 감정을 드러낸 건 처음이다.

"너는 왜 엄마랑 함께 살 수 없었던 거야?"

"그게 그러니까……."

눈을 뜨니 장례식장이다. 쪼그려 잤더니 삭신이 쑤신다. 낙타가 꿈에서 말을 건 거는 처음이다. 장례식장에서 사흘 내내 울어 눈이 개구리처럼 퉁퉁 부었다. 눈물을 흘리다 보니 눈물 속에 빠졌다. 난 안구건조증이라 눈물을 많이 흘릴수록 좋다고 안과 의사가 말했다. 슬퍼서 운 게 아닌데 울다 보니 슬퍼질 수도 있다는 걸 처음 알았다.

고모는 울다 지쳐 탈진해서 병원에 실려 갔다. 응급실에서 링거를 맞고 장례식장으로 돌아온 고모가 내 손을 너무 꽉 쥐는 바람에 손바닥에 매니큐어가 묻었다. 바른지 얼마 안 된 거였다. 응급실에서 고모는 매니큐어를 발랐다. 쉬고 싶었을 거다.

나는 이를 악물고 참는다. 아무도 나를 의심하지는 않지만 지금부터 어떻게 행동하느냐에 따라 의심을 받을 수도 있다. 연극이 끝나기만을 인내한다.

장례식장을 둘러보면 사람들은 슬픈 무드의 연극과 오래간만에 만난 사람들에 대한 반가움 사이에서 오락가락한다. 난 그런 모습이 낯설지만 사람들은 익숙한 듯하다. 5000만 명 중 주변 사람들한테 별 인덕을 쌓지 못한 두 명이 사라지는 거다. "악상"이라고들 말하지만 객관적으로 슬픈 일은 아니다. 사람들이 하는 위로의 말보다는 그들의 표정에서 마음이 보인다. 사람들과 관계를 맺는다는 건 연극 무대에 오르는 것과 대기실에서 연기를 벗는 것의 연속이다. 사람들은 나를 계속 무대 위에 올리려 할 거다. 졸지에 부모를 잃은 가련한 여자로서 나는 연기해야 한다. 평생 무대에서 살지 않으려면 이들과 하나하나 인연을 끊어야 한다.

종백 숙부라는 사람은 대학로에서 연극을 하는 배우라고 한다. 그는 시종일관 표정이 없다. 장례식장에 있는 사람들 중 연극을 하지 않는 사람은 종백 숙부가 유일해 보인다.

상주 노릇을 하는 삼촌은 예비 신부인 유치원 원장을 데려왔다. 원장은 결혼을 두 번이나 할 수 있을 만큼 은근히 매력적이다. 은근히 글래머고 은근히 럭셔리하다. 외삼촌은 장례식장에 와서 한마디도 하지 않다가 자리를 잡고 앉아 술을 마셨다. 사돈지간인 삼촌이 옆으로 가서 인사하자 혼잣말하듯 말했다.

"예수 나부랭이를 믿는 게 아니었어, 니미럴."

삼촌이 동의했다. 삼촌은 종교가 없다. 외삼촌은 엄마의 설득으로 재작년부터 교회에 다니기 시작했다. 아직

신의 존재에 반신반의하던 중이다. 엄마라면 이 상황을 인간은 헤아릴 수 없는 거대한 '신의 섭리'라 했을 거다. 고모할머니는 나를 혼자 두고 갔다고 엄마와 방 변호사를 원망했다. 모두가 '동부이촌동 변호사 부부 살인 사건'을 통해 누군가를 원망하고 있다. 기자들이 장례식장에 들락거렸다. 나는 삼촌이 막아 준 덕분에 인터뷰를 하지 않아도 되었다. 삼촌이 필요할 때도 있다니.

방 변호사와 동창이면서 집에도 종종 놀러 오던 황 변호사 아저씨가 찾아왔다. 문상객이 뜸해서 멍하니 텔레비전을 보는데 아저씨가 내 옆에 와서 손을 꼭 잡는다. 울면서 내 허벅지 위에 살며시 손을 얹는다. 그냥 툭 얹었으면 별 의심을 하지 않을 수도 있는데 너무 조심스럽게 올리니까 의심하지 않을 수 없다. 아저씨의 어깨 너머로 뉴스에서는 대기업이 중소기업과 공생하지 않는 것에 대해 보도한다.

공생이 어디 있나.

황 변호사가 일어서서 인사하려는 나를 꼭 안는다. 황 변호사의 바지춤이 단단하다. 명함을 주며 어려운 일이 있으면 연락하라고 한다. 아저씨가 내게 접근하는 게 어려운 일이다. 황 변호사는 친구 딸에게 부적절한 감정이 솟는 게 어려운 일일 거다. 언젠가 엄마가 고모에게 하는 말을 들었다. 황 변호사는 여자를 볼 때 룸살롱 호스티스를 보는 거 같다고. 고모는 황 변호사가 그런 본능을 절제하고 사는 게 어려울 거라며, 낄낄댔다. 엄마는 좋은 대학에 가면 사는 게 어렵지 않다고 말했다. 하지만 좋은 대학 나온 사람들이 편하게 사는 건 아니다. 높은 위치에 오를 때까지 계속해서 발악해야 하고 올라가서도 그 위치를 지키는 건 할머니 말대로 "지랄 염병"해야 할 일이다. 외모도 성격도 1등급인 유진이가 1등급을 유지하는 데 어려움을 토로한 적이 있다. 1등이 되는 과정보다 1등을 유지하는 게 더 고통스럽다고 한다. 난 어려운 건 딱 질색이다. 장례식장도 싫다. 냄새도 구리다. 사람들과의 관계도 싫다. 내 감정이 정확히 뭔지는 모르겠는데 일단 슬픔 안에 있어야 하는 건 "지랄 염병"할 일이다.

며칠 동안 텔레비전 뉴스와 신문에 동부이촌동 변호사 부부 살인 사건이 떠들썩했다. 발인을 마치고 다음 날부터 기사가 사라졌다. 걸 그룹 멤버의 섹스 동영상이 유출되었기 때문이다. 그녀가 고맙다. 그녀가 동영상 파문을 이겨 내고 재기한다면 반드시 그녀의 CD를 사 줄 거다. 쉽게 구할 수는 있겠지만 그녀의 동영상을 보지는 않을 거다. 그녀에 대한 예의이기도 하지만 섹스는 똥이다. 남이 똥 누는 걸 왜 보나. 나는 이제 그런 똥통에서 빠져나오기 위해 첫걸음을 뗐다. 방 변호사가 물려준 재산으로 세상에 합류하지 않고 살아갈 거다.

스물일곱 살까지.

집을 꽉 채웠던 일가친지들이 모두 돌아갔다. 집에는 아무도 없다. 드디어 "내게 강 같은 평화"가 찾아왔다. 정확히 하자면 내가 평화를 따낸 거다. 두 생명의 희생으로 얻은 평화이기에 값지다. 나뿐 아니라 온 누리에 평화를.

의류 수거함에 엄마의 비싼 옷들을 넣었다. 방 변호사 부부가 실천한 적이 없는 노블레스 오블리주를 내가 해냈다. 엄마의 가을 옷만으로도 의류함이 꽉 차 버렸다. 엄마는 가을을 무척 탔다. 엄마의 가을 앓이를 방 변호사는 옷으로 달랬다. 쓰레기장 재활용 수거함에 넣자니 버리는 거라 찜찜했다. 한 벌에 최소한 50만 원은 나가는 것들이라 버리기엔 아깝다. 아파트 입구에서 종종 마주치는 구르마 할머니가 생각났다. 자율 학습을 마치고 집에 오는 시간에 몇 번 마주쳤으니 구르마 할머니가 오는 시간은 대충 10시 반 정도다. 그 시각에 세븐일레븐에서 구르마 할머니를 기다렸다. 할머니는 어김없이 10시 반에 세븐일레븐 앞에서 박스를 주웠다. 할머니한테 엄마의 옷을 건

넸다. 처음엔 할머니가 나를 의심하는 눈으로 보더니 이내 구르마에 망자의 옷을 실었다. 나는 할머니한테 내일 또 드릴 테니 이 시간에 만나자고 했다. 그렇게 나흘에 걸쳐 엄마 옷과 방 변호사의 옷을 모두 처분했다. 할머니한테 비싼 옷을 주는 건 돼지 목에 진주 목걸이일 수도 있는데 어차피 엄마도 배부른 돼지였다. 구세주를 맞이하려면 어떻게 해야 하느냐고 묻자 세례 요한이 말했다.

"옷 두 벌 있는 자는 옷 없는 자에게 나눠 줄 것이요."

경찰 두 명이 집에 침입한다. 내게 위로의 말을 건넨 후 물을 달라고 한다. 위로의 말은 "돌솥비빔밥 하나 주세요."와 다를 바 없을 만큼 형식적이다. 고3인데 학교에 아직 나가지 않느냐며 곧 수능 시험을 봐야 할 텐데 큰일이라고 걱정한다. 자기 아들도 고3이라면서. 남을 걱정하는 척하는 건 사실 자기 위안을 하고 있는 거다. '어떡하니'는 '다행이다'와 동의어다. 고모는 내가 살이 찌는 걸 보고 언젠가 "어쩌면 좋니."라고 했는데 난 그때 고모의 얼굴에서 걱정은커녕 안도감을 읽었다. 고모 딸은 날씬하다.

"집을 아주 깨끗하게 치웠네?"

살인 사건 이후 열흘이 넘도록 현장에 출입하지 못하게 해서 엉망이었다.

"고모가 사람 시켜서 치웠어요."

"부모님하고 사이가 좋지 않은 사람이 있었을까?"

"부모님하고 사이가 좋은 사람이 없었어요."

경찰들은 나를 전혀 의심하지 않고 도저히 범인을 찾을 수 없는 엉뚱한 질문만 하고 돌아간다

샤워를 하고 혼자 살기에 적당한 집을 나체로 거닌다. 그동안 못 했던 거다. 햇살이 평화롭게 거실에 안주한다. 스피커에다 노트북을 연결해서 나오미 앤드 고로의 「Strength of your nature」를 듣는데 담탱이한테 또 전화가 온다. 받을까 말까 잠시 갈등하다가 받는다.

"선생님이 문자 계속 넣었는데, 봤지?"

"아뇨."

"그래, 이해해."

뭘? 자신이 가르치는 학생한테 무시당할 수밖에 없는 교사란 걸 이해한다는 건가.

"내일부터 나올 거지?"

"학교 그만 다닐 거예요."

담탱이가 헛기침을 한다.

"인영아, 그럼 다음 주부터 나와."

"그만둔다고요."

"이제 와서 학교를 왜 그만둬? 나오지 않아도 졸업은 할 수 있어. 문제는 수능이지. 혼자서 어떻게 준비해? 마음도 싱숭생숭할 텐데."

지금껏 한 번도 결석이나 지각을 한 적이 없다. 엄마 덕분에 나는 태어나서 여태까지 단 하루도 거르지 않고 지옥에 갔던 거다. 그거면 충분하지 않은가. 학교는 성실한 내게 교육도 친구도 주지 않았다.

"그럼, 졸업장만 택배로 보내 주세요. 착불로."

전화기가 뜨겁다. 담탱이가 삶은 닭처럼 푹푹거린다.

"며칠 더 쉬어. 다시 전화할 테니까."

"충분히 쉬었어요. 그만둔다는 게 무슨 말인지 모르겠어요?"

"졸업식은 참석할 거지?"

유치원·초등학교·중학교 졸업식 때 눈물이 났다. 졸업식은 황홀한 경험이지만 동시에 입학식이 있기 때문에 기분이 우중충해서 눈물이 난 거다. 고등학교 졸업은 그야말로 단독적으로 황홀한 경험일 거다. 대학 입학식과 맞물리는 일은 없다. 이제 내게 더 이상 입학이란 없다. 나올 수 있는 건 다 나올 거고 어느 곳에도 들어갈 일은 없다.

"다시는 학교에 안 가요."

"왜?"

"학교에 처음 간 날 여자 화장실 색깔이 마음에 안 들었어요. 분홍색이 뭐예요?"

"그게 무슨 소리야? 이제 와서. 지금까진 잘 다녔잖아."

"교복은 또 얼마나 촌스러운지. 윗옷은 고동색에 치마는 남색이고. 그게 말이 된다고 생각하세요?"

"교복은 너희가 직접 선택한 거잖아."

"내가 선택한 건 아니에요. 그리고 선택의 여지가 없었고."

"졸업하는 마당에 그런 게 뭐가 중요해?"

"가장 큰 문제가 뭔 줄 아세요?"

"뭔데?"

"우리 학교엔 스승이 없다는 거예요."

"너, 구제 불능이구나."

담탱이가 전화를 끊는다. 나는 이렇게 학교를 해결한다. 학원도 그만두었다. 학원이야 그만둘 것까지도 없다. 학원비를 안 내면 자동 아웃이니까. 지금은 마지막 학원을 다니고 있다. 운전면허 학원이다. 이달 말 생일이 지나면 만 18세다. 운전면허를 딸 수 있는 나이다. 하루빨리 면허를 따서 방 변호사가 몰던 렉서스로 어디든 마음대로 다닐 테다. 주거의 자유를 얻었으니 다음엔 이동의 자유를 얻을 차례다.

초인종이 출랑댄다. 추모 예배를 해 주겠다고 교회에서 신도들이 찾아왔다. 나는 인터폰을 통해 극성 신자들에게 앞으로 교회에 나가지 않을 거라고 말한다. 신자들이 괜히 극성스러운 게 아니다. 그들은 포기하지 않고 설교를 이어 간다.

"지금은 너무 충격적이겠지만, 하나님이 품어 주실 거야."

"지금까지 부모님이 낸 십일조를 돌려받을 수 있을까요?"

신자들이 당황해 서로 고개만 움직인다.

"아직 인영이 나이로는 이해할 수 없어. 그렇게 신실한 부모님을 하나님이 데려가셨다는 걸, 나라도 이해할 수 없었겠지. 하지만 우리는 알 수 없어. 하나님의 커다란 뜻은."

"방 변호사, 아니 아빠 보니까 연말정산 해서 환급받던데. 부당하게 낸 세금은 돌려받는다면서요. 십일조도 가능하겠죠? 변호사한테 말하면 가능할 거예요. 십일조를 얼마 냈는지 아빠는 꼼꼼해서 가계부에 다 적어 놓았거든요. 그게 법원에서 증거 자료가 될 거예요. 한 번 더 찾아오면 변호사한테 바로 전화를 걸 거예요. 아빠랑 절친한 변호사 아저씨가 어려운 일 있으면 언제든지 연락하라고 했거든요. 들어 보셨죠? 법무법인 사람이라고 꽤 유명한데. 다시 찾아오지 않는다면 눈감아 드리고요."

"마음에 평화를 찾으면 다시 나와. 오늘 일은 못 들은 걸로 할게. 너도 힘들겠지, 뭐."

땅 부자 아줌마가 말한다.

"모르시겠어요? 다시 찾아오면 법적인 문제가 될 수 있다고요. 법적인 문제를 일으키면 목사님이 싫어할 거예요."

땅 부자 아줌마는 내가 보이기라도 하는지 카메라를 마귀할멈처럼 쳐다본다. 속으로 분명 날 저주하고 있을 거다. 신도들이 할 줄 아는 일이라곤 그것밖에 없을 테니까.

"사탄이 들어왔어. 그만들 갑시다."

아줌마가 신자들을 데려간다. 사탄들이 물러간다. 나는 종교로부터도 자유를 얻는다. 구원교회에 다니는 사람 중 유일하게 나만 스스로 구원을 얻었다.

학교와 종교를 겨우 떨쳐 버리자 이번에는 고모와 삼촌이 함께 왔다. 아직 쟁취해야 할 자유가 이렇게 많다니, 자유주의국가가 아닌 모양이다. 그래서 할머니는 "못된 세상"이라고 한 거다. 고모는 김치와 밑반찬을 냉장고에 채운다. 아직도 자신의 음식 솜씨를 모른다. 삼촌은 방 변호사의 위치를 대신하고 싶은 듯 소파에 앉아 멀뚱하니 텔레비전을 본다. 지하철 노약자석에 앉아 있는 것처럼 불편해 보인다. 자기 자리가 아니기 때문이다. 하지만 이대로 뒀다간 소파를 차지하고 말지도 모른다. 구르마 할머니한테 소파를 줄 수 있다면 줘야겠다.

고모가 냉장고를 정리하고 와서는 삼촌의 결혼에 대한 이야기를 꺼낸다. 삼촌은 지금 그 이야기가 이 상황에서 어울리느냐며 누나를 나무란다. 동생한테 혼이 난 고모는 입이 뾰로통하게 나와서 집 안을 둘러본다.

"너는 부모님이 돌아가셨는데 별로 안 슬퍼 보인다?"

삼촌이 자신의 팔뚝에 수북이 난 털을 쓰다듬으며 말한다. 몸에 털이 많은 사람이 유치원 선생이라니, 말도 안된다. 내가 원장이라면 남자가 유치원 선생으로 지원할 때 털이 많은지 확인할 텐데. 유치원 교사로 최소한 원숭이는 뽑지 않아야 한다. 아이들이 인간성보다 동물성을 먼저 배우지 않겠나.

장례식장에서 내내 울었는데 삼촌은 어떻게 내 마음을 읽었을까. 당시엔 공부를 못하는 사람들이 갔다던 전문대에 삼수를 해서 겨우 들어갔다가 다시 유아교육과에 들어간 삼촌이 동부이촌동 변호사 부부 살인 사건과 나의 관계를 눈치챌 리 없다. 삼촌이 탈모가 점점 심해지는 머리를 만진다. 방 변호사는 할아버지의 대머리를 물려받지는 않았다. 그래서 나는 아주 조금이지만 삼촌에게 일말의 유대감이 있다. 그건 유전자에게 농락당한 동지애라고 할 수 있다. 그 이상은 전혀 아니고.

"삼촌보다는 슬퍼. 슬프지 않은 사람한테는 슬프지 않은 것만 보이는 거야."

"이게 부처님이 다 됐네. 삼촌하고 같이 살까? 너 혼자 어떻게 사냐? 삼촌이 돌봐 줄게."

"엄마가 그랬거든. 삼촌은 자기 몸 하나도 건사 못 하는 사람이라고. 그런 사람이 누굴 돌봐? 난 내가 알아서 해. 삼촌 걱정이나 해. 유치원 원장 떠나기 전에."

"뭐! 이 쪼끄만 게."

엄마가 그런 말을 했는지는 잘 모르겠다. 삼촌은 형수한테 충분히 그런 말을 들을 만한 사람이다. 재작년에 우리 집에 와서 할아버지가 남겨 준 유산 중 자기 몫을 달라고 방 변호사한테 악을 썼다. 결혼을 하면 그 돈에다 더 얹어서 집을 얻어 주려 했다고 방 변호사가 말했다. 사실인지는 알 수 없다.

"실행될 때까지 계획은 모두 사실이 아니라고 볼 수 있지."

언젠가 텔레비전에서 정치 뉴스를 보며 방 변호사가 한 말이다.

삼촌은 유산만 달라고 했다. 결국 방 변호사는 깨끗이 정리하자며 유산 중 삼촌의 몫에다 시중금리를 이자로 더해 주었다. 계산기를 두드리며 정확히 계산했다. 삼촌은 그 돈으로 유치원을 차렸다. 1년도 안 돼서 망하고 말았다. 다시 삼촌이 집에 왔다. 방 변호사는 삼촌한테 다시는 유치원을 차리지 않겠다는 각서를 받고 빚을 청산해 주었다. 그 각서는 금고 안에 있다. 두 사람은 그렇고 그런 경제적 관계일 뿐이다.

삼촌과 고모가 돌아간다. 스웨덴 혼성 그룹 더 나이프의 「Pass this on」을 스피커로 크게 듣는다. 몸이 저절로 흔들릴 수밖에 없다. 한없이 퇴폐의 늪이 펼쳐진다.

카톡.

운전면허 학원에서 집으로 가는데 유진이한테서 연락이 온다. 1년 만이다. 내가 답을 주지 않자 전화가 온다. 피할 것도 없어서 받는다. 예인학원 앞 사거리에 있는 투썸플레이스에서 내가 나올 때까지 기다리겠다고 한다. 멜로 영화 주인공이라도 되는 듯 목소리가 센티멘털하다.

나는 카푸치노를 마시며 유진이를 기다린다. 언제나 이런 식이다. 지가 먼저 만나자고 했으면서 30분이 지났는데 문자도 씹고 전화도 없다. 유진이는 머리가 좋다. 무슨 의도일까. 7등급인 현정이도 이유가 있는데 1등급 유진이가 아무런 이유도 없이 만나자고 하지는 않았을 거다.

할머니가 친구 며느리에 대해 욕을 한 적이 있다. 그녀는 남편과 이혼하고 두 달 만에 재혼했다.

"망할 년."

망할 년

"유진이가 뭐가 그렇게 좋아서 죽고 못 살아?"

언젠가 엄마가 물었다. 친구를 좋아하는 데는, 싫어하는 것처럼 이유가 없다.

"엄마도 옛날에 단짝 친구가 있었는데, 대학 가고 나니까 자연스럽게 멀어지더라고."

엄마와 단짝의 관계가 3차원이라면 우리는 17차원쯤, 차원이 달랐다.

처음 유진이를 알게 된 건 신화창조로 옮기기 전에 다녔던 예인학원에서다. 중학교 2학년 때 엄마가 찜질방에서 소문을 듣곤 서울대를 여섯 명이나 보냈다는 예인학원으로 나를 옮겨 보냈다. 엄마의 극성이 극에 달할 때였다. 학생 수 대비, 부근에서 단연 최고의 합격률이라면서. 엄마한테 보다 확신을 준 건 자주 가는 점집 무당의 허락이다. 전에 다니던 학원에서 예인학원은 동남쪽에 위치해 있고 무당은 그 방향이 길하다고 했단다.

유진이는 이미 다니고 있었다. 처음에는 같은 반이 아니었다. 기말고사에서 내 성적이 오르자 나도 유진이가 있는 특목고반에 들어갔다. 여름방학 때는 영어 공부를 위해 유진이의 이모가 살고 있는 미국으로 함께 가기도 했다. 우리는 레즈비언이 아니냐는 의심을 받을 정도로 붙어 다녔다. 황인종이나 백인종이나 이분법을 숭배하는 건 마찬가지였다. 우리는 아무리 붙어 있어도 떨어져 있는 거 같았다. 그건 놀랍고도 뜨거운 경험이었다. 그 후로 다시는 그런 느낌을 받지 못했다. 죽을 때까지 없을 거다. 그날, 유진이가 내 몸 안의 뜨거운 세포들을 모두 학살했기 때문에.

내신 성적은 말할 것도 없고 모의고사도 외모도, 심지어 인간관계조차도 유진이는 1등급이다. "엄마는 왜 날 이렇게 낳아서 내 삶을 피곤하게 하는지."에 해당된다. 유진이는 걸 그룹처럼 저렴해 보이지 않는다. 수수하고 순수하다. 할머니도 유진이를 보고는 "천상 여자"라고 했다. 유진이 주위에는 언제나 아이들이 있다. 그에 비하면 나는 "사실 내가 별로 이 세상에 필요가 없는데도 이렇게 있는 데에는 어느 밤에 엄마 아빠가 뜨겁게 안아 버렸기 때문"에 불과하다. 유진이와 함께 있다가 시선을 역추적하면 항상 남학생이 있다. 선생들도 종종 있다. 제자를 보는 데 허용된 눈빛이 아니다. 삼촌이 텔레비전에서 허벅지를 드러내고 몸을 배배 꼬는 걸 그룹을 볼 때와 일치한다. 유진이는 못해도 연·고대, 잘하면 서울대다. 유학을 준비하고 있을지도 모른다. 영어도 거의 프리 토킹 수준이다. 영어 토론 대회에 나가서 상도 받았다. 한국이라는 속 좁은 그릇이 담기엔 좀 큰 인물이다. 한국 남자랑 결혼한다면 그렇고 그런 커리어 우먼으로 자식 낳고 사교육에 극성스럽게 매달려 살아갈 거다. 유진이는 외고를 충분히 가고도 남는 실력이었지만 내신 관리를 위해 일반고를 선택했다. 어리석은 선택이었다고 유진이 엄마도 후회했다. 고등학교에 들어가자 유진이는 공부에 더 탄력을 받았다. 외고를 갔어도 무난히 1등급을 했을 거라고 주변 모든 사람들이 평가한다. 유진이가 외고를 포기한 덕분에 우리는 고등학교도 함께 다니게 되었다. 우리의 우정은 전혀 흔들릴 거 같지 않았다. 무려 4년이 넘게 아무도 넘볼 수 없을 만큼 끈끈했다. 하지만 우정은 때론 '1그램짜리 감정' 앞에서 아무것도 아닌 게 되기도 한다. 그걸 깨닫는 데 무려 4년이 걸렸다.

우리의 관계는 서로의 관심사나 고민 중 하나라도 서로에게 털어놓지 않는 게 있다면 죄책감을 느낄 만큼 맑고 투명했다. 고등학교에 올라온 후 내가 성적이 떨어지고 살도 찌면서 유진이의 등급과 멀어졌지만 그래도 유진이는 나를 멀리하지 않았다. 난 자존심 때문에 오히려 유진이에게 조금도 숙이지 않았다. 유신이는 점점 별 볼 일 없어지는 나와의 관계에서 기꺼이 약자가 돼 주었다.

우리는 1학년 때 다른 반이 됐다.

"우주의 모든 건 질서로부터 무질서로 가는 거야. 우리가 다른 반이 된 건 우주의 질서가 무질서로 간다는 것 이상도 이하도, 아무것도 아니란 말이지."

유진이는 반이 갈라진 걸 그렇게 말했다. 2학년 때는 같은 반이 되었다.

"드디어 사필귀정이야!"

유진이는 뛸 듯이 기뻐했고 나 또한 마찬가지였다. 차이가 있다면 유진이는 가벼워서 잘도 뛰었지만 나는 지방질의 마찰력 때문에 팔랑팔랑 뛰지 못했다는 거다. 유진이에 대한 내 콤플렉스를 2학년이 되면서 없애 버리기로 했다. '사필귀정' 이후 내가 성숙한 거다. 그동안 유진이가 내 마음을 헤아렸듯 나 또한 유진이를 배려해 주기로 한 거다.

그런데, 내가 신화창조학원보다 모든 면에서 좋은 예인학원을 떠난 건, 유진이 때문이다. 엄마는 끝까지 예인학원에 다니라고 했지만 난 절대 물러설 수 없었다.

"힘 있으면 엄마가 유진이를 다른 학원으로 옮겨. 그럼, 다닐게."

나는 아무리 욕을 먹어도 계속해서 학원에 가지 않았다. 아니, 갈 수 없었다.

"고집은 꼭 지 외할아버지 닮아 가지고."

엄마가 물러섰다.

작년 1학기 기말고사가 끝나고 며칠 지나지 않았던 7월 23일이었다. 1년이 지났지만 아직까지도 도저히 이해할 수 없는 일이 벌어졌다. 10년, 아니 지구가 멸망할 때까지 정체가 밝혀질 수 없는 일이다. 잘하면 스물일곱, 뉴욕에 있는 7성급 호텔에서 권총으로 자살하기 바로 전에 이해할 수 있을지도 모른다. 21그램짜리 영혼이 내 몸에서 빠져나갈 때 1그램짜리 감정도 함께 떠돌아서 그 정체를 보게 될 수 있을지도.

'7·23 사태' 자체만 두고 본다면 충분히 일어날 수도 있고 비슷한 일을 종종 목격하기도 했지만, 유진이와 나 사이에서는 일어날 수도, 있을 수도 없는 일이었다.

"세상 모든 일이 나에게도 일어날 수 있는 거야."

과외가 한 말이다. 과외한테 도저히 일어날 수 없는 일이라 믿고 싶은 일이 조만간, 꼭 일어나길 간절히 바란다. 겪어 봐야 깨달을 테니까.

이미 여름이 성큼 다가왔지만 그날은 별로 덥지 않았다. 오전 9시가 꼭 밤 9시인 듯 먹구름이 해를 가려 어둑어둑했다. 누군가 지구를 툭 건드리기만 하면 금방이라도 폭우가 쏟아질 거 같았다. 마치 나에게 일어날 일을 예고하는 듯. 0교시 수업을 마치고 유진이가 날 복도로 불러냈다. 그날따라 유진이 얼굴이 핼쑥했다. 핼쑥했던 게 아니라 비비크림을 듬뿍 발랐던 건지도 모른다. 유진이는 화장을 해도 안 한 듯, 사람을 싫어해도 싫어하지 않는 듯, 불만이 있어도 없는 듯 보인다. 반면에 나는 무관심해도 싫어하는 듯, 불만이 없어도 삐친 듯 보인다. 나도 겉과 속이 다른 건 마찬가지다. 사람들은 타인의 겉만 보기 때문에 언제나 내가 문제아가 된다.

"집에서 전화 왔는데…… 엄마가 돌아가셨대."

"뭐?"

"나 어떡해…… 엄마 없으면 나도 죽을지 몰라."

떨리는 목소리로 유진이는 자기 대신 선생님께 말씀

좀 드려 달라고 했다. 나는 그건 걱정하지 말라며 얼른 집에 가라고 했다. 그때가 내 정서의 마지막 슬픔이었다. 유진이 엄마가 죽었다는 것보다 유진이가 느낄 슬픔에 동화되었다. 그날 이후 슬픔을 분비하는 호르몬이 내 안에서 소멸했디.

유진이는 가방을 그냥 두고 갈 테니까 수업 끝나면 나더러 가져다 달라고 부탁했다. 나는 알았다며 유진이를 도서관 건물 앞까지 배웅했다. 정문까지 가려고 했지만 유진이가 들어가라고 재촉했다. 교무실로 가서 담탱이한테 유진이의 엄마가 돌아가셨다고 말했다. 교실로 돌아와 교탁에 서서 유진이 엄마가 돌아가셨다고 말하고는 함께 장례식장에 가자고 제안했다.

"천당 갔을까, 지옥 갔을까?"

"노래방 가고 싶다."

뭐라도 좋으니 사건이 일어나기만을 바란 아이들은 유진이 엄마의 죽음을 화제로 떠들었다. 아이들한테는 괜히 말했나 싶은 생각이 들었다. 유진이가 없기에 내 감정만 아이들의 철없는 반응을 감당하면 될 일이었다. 유진이도 없고 선생도 없기에 아이들의 반응은 날것 그대로였다. 날것 그대로 인간은 사이코패스다. 순진한 맹자는 그걸 모르고 성선설을 말한 거고 영악한 순자는 인간의 본질을 정확하게 파악한 거다. 할머니의 이름은 김순자다. 순자들이 현명하다.

배고픈데 밥을 먹어야 하나, 유진이 엄마가 돌아가신 거에 대해 슬퍼해야 하나 갈등하다가 결국 밥을 먹고 교실로 돌아왔다. 점심시간은 거의 끝나 가고 있었고 사이코패스들은 화장실에 가서 양치질을 하느라 분주했다. 5교시에 꽃미남 국어가 혹시나 말을 걸어 그와 대화할지도 모르기에 양치를 생략할 수 없었던 거다.

그런데……!

교실 뒷문이 열리고 슬로모션처럼 아이들이 멈췄다. 일시 정지를 좇아 고개를 돌리자 유진이가 부스스한 몰골로 서 있었다.

"너…… 괜찮아?"

"왜?"

"엄마…… 돌아가셨다면서?"

"뭐! 누구 엄마? 우리 엄마? 누가 그런 거짓말을 해?"

유진이와 내 눈이 마주쳤다. 유진이는 회심의 미소를 꾹 누르고 있었다. 내 눈에만 보였다.

"아니야? 그럼, 어디 갔다 온 거야?"

"양호실에 누워 있다 왔는데."

반나절 만에 난 친구 엄마가 죽기를 바란 거짓말쟁이

가 되었다. 유진이가 책상에 엎드려 울기 시작했다. 아이들은 모두 유진이 뒤에서 그녀를 위로했다. 동시에 힐난하는 눈초리로 날 강간했다. 내가 동부이촌동 변호사 부부의 장례식장에서 운 것과 유진이가 나를 파렴치한 인간으로 만들고 운 눈물은 정확히 같은 그램의 감정이었다. 유진이에게 배운 거다. 5교시에 담탱이한테 불려 갔다. 다른 선생들이 지나다니는데 큰 소리로 한 시간이 넘도록 혼이 났다. 스트레스를 해소할 시간이 있다면 교재 연구나 좀 하시지. 작년 담탱이는 사회 교사다.

"질문 있으면 해 봐. 사회와 관련된 건 어떤 거라도."

"인문학이 뭐예요?"

누군가의 질문에 담탱이는 얼버무렸고 다음 날도 그다음 날도 한 해가 지나도록 설명하지 못했다.

나는 어떤 변명도 하지 않았다. 사실대로 말해 봤자 내 말을 믿어 줄 리 없었다. 유진이는 1등급인 데다 대학교수 딸이며 난 5등급인 데다 변호사의 딸이니까. 다른 교사들이 지나다니면서 한 번씩 혀를 차는 건 중요하지 않았다. 유진이가 왜 나한테 그랬는지, 그 이유를 찾는 데 골몰했다. 교실에 돌아왔을 때까지도 유진이는 울음을 멈추지 않고 있었다.

"미친년, 염치 좀 봐. 밥 말아 먹었나 봐."

난 허락도 없이 학교를 나왔다. 운동장 한가운데 이르러 멈춰 섰다.

도대체 왜 그랬을까.

유진이가 아니라 내가 거짓말을 한 게 아닐까. 나는 자주 0교시에 잠을 잔다. 자다 꿈을 꾼 게 아닐까. 꿈과 현실을 구별하지 못한 게 아닐까. 도서관 건물 앞을 비추는 CCTV에 유진이를 배웅하는 내 모습이 찍혀 있을까. 도저히 유진이의 음모를 이해할 수 없었다. 담탱이는 엄마한 테도 전화를 걸어 일러바쳤다. 학생의 궁금증에 대한 대답보다 자기가 맡은 반 아이의 반사회성을 알리는 게 더 중요한 임무라도 되는 듯 신속했다. 웬일인지 엄마는 그냥 넘어갔다. 그 당시 방 변호사가 바람을 피우는 거 같았다. 그건 엄마한테 물려받은 내 육감이다. 엄마는 남편의 바람 때문에 아마도 정신이 없어서 내게 신경 쓸 겨를이 없었던 거 같다.

7·23 사태 이후 지금껏 난 한 번도 눈물을 흘리지 않았다. 내 안구건조증의 원인은 유진이다.

유진이가 내 앞에 앉는다. 앞머리는 눈썹 위에서 가지런하고 머리 길이는 쇄골을 살짝 덮었다. 머리카락은 유난히 검은색이다. 언뜻 보면 청순해 보인다. 스타일은 유

178

진이를 처음 본 날과 같다. 전에는 몰랐는데 다시 보니, 인터넷에 떠도는 일본 AV영화에 나오는 여주인공의 스타일이다. 뿌린 지 얼마 안 됐는지 향수 냄새가 진동한다. 유진이의 아담한 왼쪽 가슴에 검은색 리본이 달려 있다.

"너네 엄마두 죽었어?"

일말의 기대감으로 묻는다.

"너네 엄마가 돌아가셨잖아. 도의적으로 했어."

"왜?"

기대감에서 실망감으로 바뀐 내 어감을 유진이도 눈치챘는지 살짝 웃는다.

"친구니까."

비웃음이 튀어나오는 걸 참지 않는다.

"왜 그랬어?"

유진이가 입술을 앙다문다.

"농담이었어. 재밌을 줄 알았는데 일이 그렇게 커질 줄 몰랐어. 이제 시간도 지났으니까 내가 사과할게."

"1년 동안 궁금했어. 왜 그랬을까? 여기 나온 것도 궁금해서야. 왜 그랬는지 답을 알았으면 안 나왔지."

유진이가 주문한 커피가 나왔다고 진동 벨이 울린다. 유진이가 일어서려는데 내가 진동 벨을 집는다. 유진이는 너무 멀쩡하게 7·23 사태 이후, 잘살고 있는 거 같다.

"나한테 왜 그런 거야?"

"지나간 일은 잊어버리자."

유진이가 진동 벨을 달라며 손을 내민다. 나는 주지 않는다.

"성장통이었다고 생각하면 어때?"

유진이가 온화하게 웃으며 말한다.

"성장통은 누가 주는 건데?"

"보통 고통은 소중한 사람이 주는 거지. 그렇지 않아?"

나는 유진이 왼쪽 가슴을 향해 카푸치노를 뿌린다. 유진이가 꺅! 소리를 치는 바람에 사람들이 우리를 주시한다. 카푸치노가 검은색 리본의 농락을 제대로 덮었다. 유진이가 진정하려 애쓴다.

"무슨 짓이야?"

"성장통이라 생각해. 소중하지 않은 사람도 성장통을 줄 수 있거든."

유진이가 벌벌 떤다. 작년에 전교 1등 자리를 한 번 빼앗겼을 때 보았던 모습이다. 내가 유진이를 추락시킬 수 있는 범위는 겨우 1등에서 2등으로, 정도다. 훨씬 더 참혹하게 추락시킬 수 있다면 유진이를 계속 만날 수도 있지만, 그럴 수 없다면 곁에 있을 이유가 없다.

나는 자리에서 일어난다. 진동 벨을 빈자리에 아무렇게

나 던지고 밖으로 나온다. 밖으로 나오자 오히려 커피 향이 진하다. 그날 이후 내 사전에서 '친구'라는 명사가 삭제되었다. 유진이 입에서 '친구'라는 말만 나오지 않았어도 좀 더 차분하게 앉아서 이야기를 들었을 텐데. 그럼 1그램짜리 감정의 정체를 좀 더 파헤칠 수도 있었을 텐데.

신호등 앞에 서 있는데 문자가 온다.

곰곰이 생각해 봤는데. 내가 널 이겼다는 걸 증명하고 싶었을 거야.

몸을 돌리면 커피숍 창가에 앉아 있을 유진이가 보이겠지만, 참는다. 답문을 보낸다.

한 번만 더 연락하면 동부이촌동 변호사 부부처럼 만들어 줄 거야.

신호등을 건넌 후 이번에는 충고의 문자를 보낸다.

앞으로 또 누군가를 떠날 거라면 착각하지 마. 니가 떠난 곳에 그 누군가가 항상 기다리고 있지 않아. 넌 내 인간관계에서 장례식을 치렀어.

성에 차지 않아 마지막으로 하나 더 보낸다.

살다가 저주를 받으면 내 덕분인 줄 알아.

집에 와서 오디오 볼륨을 최대한 크게 틀고 텐 이어즈 애프터의 「The band with no name」을 듣는다. 그리고 에릭클랩튼으로 넘어간다. 기타란 에릭 클랩튼이다. 학교란 계급을 나누고 도장을 찍어 주는 정글이다. 종교란 정상

적인 척하는 정신병자들을 수용하는 곳이다. 가족이란 거추장스러운 스토커들이다. 친구란 1그램이다.

유진이는 왜 찾아왔을까. 엄마가 죽어서 내가 슬퍼할 거라 착각하고, 눈으로 확인하고 즐기러 왔을까. 얼핏 속을 수밖에 없는 순수한 눈빛 속에 꼭꼭 동여맨 잔혹함은 여전히 살아 있었다. 내가 아무리 잔혹한 인간성의 경지에 도달한다 해도 유진이가 우위에 있을 거다. 7 · 23 사태 때 내가 꺾이고 엄마의 죽음으로 완전히 무너져서 이제 동정할 때가 왔다고 생각했을까.

얼마 전에 문득, 7 · 23 사태의 의미를 깨달았다. 7 · 23 사태 1년 전에 영국에서는 에이미 와인하우스가 죽었다. 죽음의 형식이 1년을 항해하다 내게 온 거다.

---

* 「망할 년」은 레이철 시먼스의 『소녀들의 심리학』(양철북, 2011), 68쪽의 '바네사' 이야기를 참고했다.

할렐루야

삼촌이 집에 왔다. 엄마나 방 변호사의 생일도 아닌데 출입이 잦다.

"엄마 아빠 돌아가시자마자 변호사 만나 재산권을 상의하지 않나, 너 좀 이상하다?"

방 변호사가 살아 있을 땐 사이가 좋지 않았으면서 그가 죽자, 할아버지와 방 변호사의 관계처럼 삼촌은 형의 죽음에 집착한다.

"그러면 어떡해야 되는데?"

"어떡해야 된다는 건 아니지만."

"슬퍼서 죽기라도 해야 된단 말이야?"

"이봐, 이상하잖아. 슬프면 슬픈 거지, 죽는다는 건 또 뭐야?"

"난 갑자기 집에 자주 드나드는 삼촌이 더 이상한데?"

"뭐? 뭐가?"

"나 피곤해. 그만 갔으면 좋겠어."

나도 모르게 방 변호사의 말투를 사용한다. 삼촌은 방 변호사한테 얻지 못했던 걸 나한테 얻을 수 있으리라 착각하고 있는지도 모른다. "피곤하다. 나중에 얘기해."는 방 변호사가 늘 입에 달고 다니는 말이었다. 엄마한테 꽤나 효과를 발휘한 방법이다. 남편이 피곤하면 행여 나가서 돈을 못 벌어 올까 봐 그랬는지 엄마는 그 말에 쉽게 투항했다. 내게 방 변호사의 잔재가 남아 있다. 시간이 해결해 줄 거다. 삼촌도 고모도, 내게 별 영향력을 미치지 못하는 사람들이지만 완전히 영향력을 잃어버릴 날이 곧 올 거다. 수동적으로 주어지진 않을 거다. 어느 순간 내 강력한 의지나 단호한 계획에 의해 얻을 수 있을 거다. 엄마로부터 벗어난 것보다는 쉬울 거다.

"최후에 웃는 자가 웃는 법이야."

방 변호사가 일심에서 질 때면 하던 말이다. 최후엔 내가 웃을 테다. 그 전엔 웃지 않을 테다.

가을이 미쳤다.

"차내에 에어컨을 최대한 가동하는 중입니다."

전동차에서 방송이 나온다. 누군가 나를 보는 시선이 느껴진다. 모래의 남자는 작고 빼빼 말랐다. 패션에는 전혀 관심이 없는지 후줄근하다. 파란색 남방에 쥐색 점퍼가 두통 어울리지 않는다. 싸구려다. 패션에 관심이 없는 남자는 두 부류다. 자신감이 넘치거나 포기했거나. 모래의 남자는 분명 후자다. 언젠가는 자신감이 넘쳤던 적도 있었을 거다. 나는 언제 잃어버렸을까. 처음부터 없었던 건 아니다. 학교 성적과 비례하는 얕은 자신감 따위가 아닌, 깊은 곳에 저장된 자신감이 옛날 옛적에는 있었다. 나를 바라보는 사람들의 시선과 그 시선 속의 직유가 깊이 침범해 내 자존감을 조금씩 갉아 냈다. 성교육 시간에 본 낙태 동영상에서 태아를 긁어낸 것처럼. 아이가 기계를 피해 도망가듯 내 자존감도 달아나려 안달했다. 이젠 더 이상 도피하지 않아도 된다. 내 자존감은 내 안에 있는 거지 사람들이 볼 수 있거나 그들에게 보여 주는 게 아니란 걸, 엄마의 장례식장에서 깨달았다.

이미 위치를 들켜 버린 모래의 남자가 가까이 다가온다.

"집 근처에는 오지 마요."

"니가 교회도 안 나오고, 지하철도 안 타니까 어쩔 수 없잖아."

"던킨에서는 아저씨를 못 봤는데 오늘은 너무 뻔히 보여요. 그게 무슨 뜻인 줄 알아요?"

대답이 없다. 할 말이 없겠지.

"자꾸 만나면 들켜요, 반드시."

모래의 남자가 주변을 둘러본다. 그게 더 의심스럽다. 이런 솜씨로 어떻게 성공했을까.

"왜 만나자고 한 거예요?"

"자수, 해야겠어."

"에?"

"도통 잠을 잘 수가 없어. 밤마다 환청에 시달려. 내 안의 깊은 곳에서 나를 향해 소리를 쳐. 그런 거 들어 본 적 있어?"

모래의 남자가 한 걸음 더 가까이 온다.

"수면제를 계속 먹는데 양이 늘었어."

가까이 보니 눈빛도 후줄근하다.

"숨이 막혀 죽을 거 같아."

"아드레날린 때문이에요."

"뭐?"

"아드레날린을 해결하면 돼요."

"흥분할 때 나오는 거 아니야?"

"긴장할 때 나오는 걸걸요? 병원 가면 쉽게 고칠 수 있어요."

모래의 남자를 어떻게 해결해야 할까. 아무도 내게 방법을 가르쳐 주지 않았다. 학교에서는 국영수가 아니라 삶이 꼬일 때 푸는 방법을 가르쳐야 한다. 하긴, 수업에 들어온 교사들을 보면 자신의 문제두 잘 풀어내지 못한 얼굴이다.

"임용 고시에 붙으면 모든 문제가 풀릴 줄 알았는데, 순진한 생각이었어."

언젠가 담탱이가 우울 모드일 때 말했다. 담탱이의 문제 중 가장 중요한 건 결혼이고 풀리지 않는 건 그녀에게 매력이 없다는 거다. 담탱이의 여러 가지 발언을 종합해 볼 때 문제의 원인이 자신을 알아보지 못한 남자들에게 있다고 생각하는 거 같다. 끝까지 풀리지 않을 거다.

"너네 엄마가 보여."

"……?"

"내가 목을 조를 때 처음엔 발버둥 치느라 여기저기 보다가 나중엔 거의 숨이 넘어갈 때가 되니까 나를 똑바로 보더라고. 숨이 끊어지면서 뭐라고 자꾸 중얼거리는 거야. 궁금했는데…… 그렇다고 무슨 말을 하는지 들어 볼 수는 없었어. 풀어 주면 소리를 지를 거 같아서. 목에 핏대가 서도록 하고 싶은 말이 뭐였는지 모르겠어. 니 이름

을 부르는 거 같기도 하고. 막달레나 말고, 진짜 이름이
뭐야?"

"한 명만 더 죽여 줄 수 있어요?"

모래의 남자가 나를 멀뚱하니 쳐다본다.

지상 구간으로 올라온 전동차가 멈춰 선다. 내가 내린
다. 모래의 남자도 따라 내린다. 내 진짜 이름도 모르면서
엄마가 내 이름을 불렀는지 어떻게 알 수 있다는 건지. 이
름을 불렀다면 엄마의 첫사랑 이름일 수도 있다. 엄마의
첫사랑을 물은 적이 있다.

"엄마한테 무슨 첫사랑이 있어?"

"설마, 방 변호사는 아니지?"

"맞아."

그때, 초인종이 울렸고 방 변호사가 들어왔다. 그 후 엄
마의 첫사랑에 대해 다시 이야기를 나누지는 않았다. 방
변호사가 맞는다는 건지, 아닌 게 맞는다는 건지 확인하
지 못했다.

사람들이 에스컬레이터를 타러 우르르 몰려간다. 플랫
폼이 한산해진다.

"자수하면요?"

"감옥에 가겠지."

"감옥에서 공짜 밥 먹고 있으면 아저씨 마음이 편해져

요? 그리고 나도 감옥에 가겠죠."

"아니, 너를 불지는 않을 거야. 그냥 너랑 상의도 없이 자수하기는 걸려서 말하러 온 거야."

"나도 공범이라고 불게 될 거예요."

"아니, 절대 그러지 않을 거야. 내 선에서 해결할 거야."

"불게 될 거예요. 경찰은 전문가잖아요. 수사망에 걸리지도 않았는데 이렇게 쉽게 자수하는 사람이 공범을 말하는 건 더 쉽겠죠. 더구나 아저씨는 겨우 죄책감한테도 지는 사람인데. 경찰을 이길 수 없어요."

"죄책감 때문에 그런 게 아니야."

"그럼요?"

"불면증 때문이야."

불면증이 양심에서 분비하는 호르몬이라도 된단 말인가. 프로포폴을 맞고 자든가. 떡실신이 된다던데.

"불면증보다 무서운 게 경찰이에요."

"근본적인 해결책이 필요해. 이미 진술할 내용은 생각해 뒀어."

"……?"

"나는 열심히 돈을 모아서 한강이 내려다보이는 아파트에 사는 게 꿈이야. 물론 그건 진짜 내 꿈은 아니야. 진술을 위해서 만들어 낸 거지. 나는 거짓말을 정말로 믿는 마인드 컨트롤이 탁월해. 적수가 없을 만큼 뛰어나지. 너는 나를 겪어 보지 않아서 모를 거야. 남이 하는 말은 잘 믿지 않는데 내 안에서 가짜를 진짜로 바꿔서 생각하려고 하면 정말로 가짜를 진짜로 믿어 버리거든. 이건 설명할 수도 없고 증명할 수도 없는데……."

"그건 알았으니까."

"마인드 컨트롤이 뛰어나서 거짓말 탐지기에 들키지 않을 거라는 말이야."

"그래서요?"

"너네 아파트에 가끔 와서 세븐일레븐에서 라면을 먹으며 단지를 돌기도 하지. 편의점 알바에 대한 이야기도 할 수 있어. 뚱뚱하고 탈모 증상이 있는 거 같은 앤데 뿔테 안경을 썼고…… 알바가 있었거든. 그 알바가 정말로 편의점에서 일하고 있다는 걸 경찰이 알면 내 진술에 신빙성이 있다고 판단할 거야. 편의점 CCTV를 뒤지면 추석날 내가 거기 있었던 게 찍혔을 거야. 그전 건 날짜가 지나서 없을 거라 생각할 거고. 귀찮아서 일일이 뒤지지도 않을 거야."

"경찰은 물을 텐데. 왜 하필 동부이촌동이냐? 화곡동에 살면서."

"그건 우연이야. 그냥 아무 이유가 없어. 우리가 알고 있는 것보다 세상을 지배하는 질서는 우연적이거든. 너무 완벽하게 짜 맞춰 놓아도 오히려 의심을 살 수 있어. 추리 소설 보면 증거를 조작하잖아. 긴다이치 코스케 같은 탐정들은 쉽게 알아차리지. 조작은 작위적이기 마련이거든. 작위적이지 않은 조작. 우연적인 건 우연에 맡겨 버리면 오히려 리얼하거든."

「킬링」 봤어요? 주인공이 정말 쪼그만 아줌마 형사거든요. 새라는 진짜 우연인지 아닌지, 조작된 우연인지까지 다 캐낼걸요. 동부이촌동 변호사 부부 살인 사건을 담당하는 형사 중에서 새라가 한 명은 있지 않겠어요? 화곡동에서 동부이촌동까지 갔다는 게 설득력이 부족해요."

"그렇지 않아. 날 믿어. 동부이촌동까지 간 건 내가 걷는 걸 좋아하기 때문이야. 화곡동에서 당산까지 버스를 타고 가서 한강을 따라 걷는 거지. 동부이촌동은 내 체력의 한계라고 볼 수 있어. 그럴듯하잖아?"

그럴듯한 게 "죄다 얼어 죽었"나.

"그러다 어느 날 너네 부모님을 본 거지. 그것도 우연히. 엄마는 예쁘고 아빠는 자신감에 넘쳐 보였지. 돈이 많은 사람들일 거고. 너네 아파트가 평당 얼만데, 분명 부자겠지. 그래서 난 두 사람의 집을 알아냈어. 그리고 몰래 집에 숨어들었지. 돈과 귀금속을 훔치는 게 목적이었는데 예기치 않게 너네 엄마한테 들키고 말았어. 그래서 우발적으로 살인을 저질렀지."

"경찰이 베드로 목장을 알아낼 거예요. 거기서 본 적이 있는데 우연히 걷다가 만난 사람이라고 하면 믿지 않을 거예요. 베드로 목장에서 본 건 어떡할 거예요?"

"그렇다면 그에 대한 대답도 준비하지, 뭐."

"이렇게 어설프면 절대 안 돼요. 경찰이 몰아붙이면 진술을 바꾼다고요? 그게 결국 모든 사실을 불어 버릴 거라는 증거예요."

"그렇지 않아, 절대로. 난 잘할 수 있어. 지금껏 잘해 오지 못했지만…… 이번엔 정말 잘할 수 있어."

이번에야말로 최악일 거다. 모래의 남자가 자판기에서 콜라를 뽑는다.

"또 물어봐. 예리하게. 너랑 시뮬레이션을 하는 게 도움이 되는데?"

"왜 살인을 하고 빨리 집을 빠져나오지 않았어요?"

"멍했지. 사람을 죽였잖아. 그것도 우발적으로."

"정신을 차리는 데 두 시간이 걸렸다고요?"

"이틀이 걸릴 수도 있었지. 너네 아빠가 오지 않았다면. 다이아몬드를 찾느라 시간도 걸렸고. 아, 다이아는 돌려줄까? 엄마의 유물일 텐데."

"됐어요, 그딴 거. 현관문 비밀번호는 어떻게 알았어요? 능숙하게 현관문 비밀번호를 누르고 들어간 게 뉴스에도 나왔는데."

"그건……."

모래의 남자의 눈빛이 어둡다. 나는 그의 앵글 안으로 들어가 비웃는다.

"말이 안 돼요. 경찰 앞에 가면 모든 걸 사실대로 말할 거예요."

"비밀번호는 다시 생각해 보자. 너네 엄마 생일이라고 했지?"

"그걸 어떻게 알아요?"

"신문에 나왔어."

"우리 집 비밀번호가 신문에 나왔다고요?"

"어? 아니, 번호가 나온 건 아닐 거야. 생일이라는 것만."

"멍텅구리 기자들!"

모래의 남자가 콜라를 마신다. 목젖을 내밀며 한쪽 눈으로 나를 흘끗, 본다.

"아저씨는 잠이 안 온다는 이유 때문에 내 인생도 망칠 거예요? 잠이 안 오면 안 자면 되지. 우리 고모가 간호사인데 부탁하면 수면제든 프로포폴이든 구할 수 있을 거예요. 자수를 왜 해요? 어른들은 항상 그렇죠. 자기들이 뭐라고. 자기들 때문에 다른 사람들 인생을 망치는 건 생각하지 못해요. 비윤리적이란 말이죠. 진짜로 큰 잘못을 저지른 사람들은 감옥에 가지 않아요. 방 변호사 같은 사람들이 보내지 않거든요."

"꼭 그렇지는 않겠지."

"감옥에 간 인간들은 세금이나 축내는 바보들이에요. 내 이름은 방인영이에요. 아저씨 때문에 감옥에 가게 될지도 모르는 방인영이라고요!"

전동차가 도착한다.

"멍청이……."

사람들이 밖으로 거의 빠져나가자 모래의 남자가 내 곁으로 온다. 나는 난간에 두 팔을 걸치고 서서 역 바깥을 바라본다. 미용 학원이 정면으로 보인다. 그 안에서 실습을 하며 깔깔거리는 여자들이 보인다.

컥…….

모래의 남자가 내 목을 조른다. 고개를 돌리지 못하게 하고서는 귀에다 입을 가까이 댄다.

"날 우습게 보지 마."

뜨거운 입김이 귓가에 닿는다. 금방이라도 숨이 막힐 것만 같다. 바깥에 부슬부슬 비가 내리고 있는 게 보인다.

모래의 남자가 내 주머니에서 휴대폰을 빼더니 자신의 번호를 누른다. 엉덩이를 스치는 그의 손길이 끔찍하다. 내 번호를 저장한다. 동시에 내 가슴엔 모래의 남자에 대한 적대감이 저장된다.

"난 멍청하지 않아. 알았어? 니가 못 한 건 성공한 사람이라고."

"CCTV가 보고 있어요."

"알았냐고?"

내가 냉소를 뱉는다. 고양이도 이렇게 더러운 기분이었을까.

"내가 두려워하고 있는 거 같아?"

"돈이 더 필요하면 말해요."

모래의 남자는 냉소도 어색하다.

"자수하기 전에 다시 연락할게. 시뮬레이션도 한 번 더 하자고."

날 놓고서 뒤돌아 간다. 두려움은 놓지 못하고 바리바리 짊어지고 간다. 사람들은 나이가 먹을수록 어리석어진다. 자수를 하겠다니. 덜떨어진 인간 같으니라고. '어린 백성'을 현대어로 하면 '어리석은 백성'이다. '어린'이 '어른'이 됐을 거다. 그렇다면 '어른'의 어원이 '어리석은'이었던 게 틀림없다. 엄마, 방 변호사, 담탱이, 삼촌, 고모,

모래의 남자의 공통점은 어리석다는 거니까.

모래의 남자의 어리석음을 어떻게 해야 하나 침대에서 뒹굴며 곰곰이 생각하고 있는데 초인종이 울린다. 경찰이 파트너를 바꿔서 찾아왔다. 나는 최대한 조신하게 대답하려 노력한다. 추석 연휴가 시작되기 전날 밤 변호사와 경비가 싸운 거 같은데 왜 그랬는지 아느냐고 묻는다.

"보나 마나 아빠가 잘못했을 거예요. 아빠는 자기보다 낮다고 생각하는 사람한테 함부로 대하거든요. 가족한테도 그래요. 가족 모두가 아빠보다 낮은 사람이죠."

"니가 논술 캠프에 갔을 때 엄마랑 통화 내역이 별로 없더라. 평소에는 엄마랑 자주 통화를 하던데?"

"항상 엄마한테 전화가 오니까요. 추석엔 엄마가 바쁘고 나도 공부하러 간 거니까. 엄마가 전화를 안 한 거죠."

"그래도 떨어져서 공부하는데 전화를 걸지 않았을까?"

"그건 엄마한테 물어보셔야죠."

"엄마한테 전화가 없으면 너라도 해야……."

집 안을 둘러보며 코를 벌름거리던 경찰이 내 왼편 소파에 와서 앉는다. 어떤 냄새라도 맡은 건지 나를 힐끗거린다. 영화에서 보면 경찰은 직감적으로 범인을 감지한다는데 그래서 다시 왔을까. 나이 든 경찰의 외모는 베테랑 같다. 꼬질꼬질하다는 말이다. 바닥에 앉아 있던 경찰은 수첩에 무언가를 열심히 적는다.

"최근에 아빠랑 삼촌이랑 싸운 적이 있지?"

이웃 사람들이 제삿날 방 변호사와 삼촌이 싸운 것에 대해 증언을 했단다. 나는 경찰한테 아무것두 숨기지 않는다는 인상을 주기 위해 동네 창피한 가족사에 대해서 허심탄회하게 말한다. 이제는 나와 아무 상관이 없는 일이기도 하니까 부끄러울 것도 없다. 경찰들의 표정을 보아하니 내가 아무것도 숨기지 않는다고 '어른'스러운 결론을 내리고 있는 거 같다.

삼촌은 언제나 1등만 하던 방 변호사에게 열등감을 느꼈다.

"열등감을 느꼈는지는 어떻게 알아?"

"술 마시고 하는 말을 들었거든요."

그런 말을 들은 적은 없다. 내 육감으로 삼촌은 안하무인인 형을 경멸했다.

"삼촌이 현관문 비밀번호를 알까?"

"알 수 있어요. 엄마 생일이니까."

"삼촌이 엄마 생일을 알고 있니?"

"알 수밖에 없어요. 엄마 아빠 생일 때는 삼촌이랑 고모랑 꼭 오거든요."

"엄마 생일이 비밀번호라는 걸 삼촌이 알고 있니?"

"네."

"니가 어떻게 알아?"

"전에 집에 같이 올 때 삼촌이 앞서서 문을 연 적도 있었거든요."

경찰이 돌아간다. 나와 엄마의 통화에 대해서는 왜 물었을까. 내가 기숙 학원에 있었다는 알리바이는 깰 수 없다. 그냥 이것저것 찔러 보는 거겠지. 삼촌에 대한 질문도 그렇고. 모래의 남자가 자수를 하고 범행 동기가 석연치 않을 때 경찰이 나의 가능성을 생각해 볼까. 모래의 남자가 자수를 쉽게 하지는 못할 거다. 수없이 결심하고 번복하는 스타일이다. '어린' 생각이 현명하게 바뀌기를 기다릴 수밖에.

벽지를 새로 바르는 중이다. 거실 벽지를 바꾸는 동안 내 방에서 음악을 듣는다. 살인 사건 이후 집 안은 난장판이 되었다고 한다. 3주일 동안이나 집에 들어오지 못했고 고모는 자기 집에서 함께 지내자고 했지만 나는 호텔에 머물렀다. 고모는 그동안 사람을 시켜 집 안을 청소했는데 벽에 방 변호사의 피가 튀어서 벽지도 싹 바꿨다. 살인 현장이 궁금했지만 난 고모의 사명감 때문에 볼 수 없었다.

엄마는 지난가을 벽지를 싹 바꿨다. 물병 몇 개가 나열된 벽지를 고모는 그대로 다시 바르게 했다. 엄마가 우울함을 달래기 위해 바꿨던 그 벽지를 고모가 다시 사용한 거다. 엄마의 취향을 기리기 위해서다. 벽지가 예쁘긴 했지만 난 취향을 지우기 위해 벽지를 바꾼다.

경비실에서 인터폰이 온다.

"슬픈 건 알겠는데, 학생…… 그래도 소리를 좀 자제해 주는 게, 우리가 함께 어울려 살아가는 데 필요한 약속이야."

다른 집에서 음악 소리가 너무 크다고 항의가 들어왔단다.

벽엔, 미색 바탕에 바람에 날리는 갈색 나무 한 그루가 서 있다. 바람이 부는 대로 갈색이 흩날린다.

내 방의 벽지를 바꾸는 동안 거실로 나와 희생을 강요하는 할리우드 영화를, 헤드폰을 끼고 본다. 톰 크루즈는 아무런 두려움도 없이 인류를 위해, 엄마가 피트니스에 가듯, 죽음으로 떠난다. 나의 평화를 위해 엄마도 희생당한 거다.

"자식을 낳는 순간 부모는 희생을 온몸으로 받아들이는 겁니다."

내가 마지막으로 참석한 예배에서 담임 목사가 말했다.

밤이 되자 새로 바른 벽지에서 냄새가 난다. 냄새를 피해 이틀 전에 딴 면허증을 지갑에 넣고 렉서스에 시동을 건다. 내 심장에도 시동이 걸린다. 이제 어디든 내 마음만 반영하고 엄마가 반영되지 않은 방향으로 떠날 수 있다.

강변북로를 신나게 달린다. 낙타의 등처럼 구불구불한 도로가 날 출렁이게 한다. 재즈아모르의 「From afar」를 크게 틀고 창문을 연다. 창문 밖으로 재즈가 흩어진다.

강변북로 여행을 마치고 도시고속도로에서 빠져나온다. 운전에 집중했더니 눈이 퍽퍽하다. 적당한 곳에 차를 대고 인공 눈물을 넣어야겠다. 이제야 겨우 서울의 밤이 보인다. 액셀을 밟자 저 앞에 신호등이 노란불로 바뀐다. 속도를 올린다. 굳이 속도를 낼 필요가 없는데 속도를 내는 이유를 나도 모르겠다. 스크램블 교차로에 들어서자 빨간색으로 변한다. 건너는 사람은 없다. 조그만 물체가 어슬렁어슬렁 자동차 아래로 들어온다.

스르륵!

교차로를 지나쳐 1차선에 차를 댄다. 무얼까. 내려서 확인할까. 음악을 끄고 창문을 올린다. 백미러를 돌려서 긁는 느낌이 났던 자리로 앵글을 맞춘다. 조그만 물체가 보인다. 죽었거나 낑낑대고 있는 거 같다. 신호가 바뀌고 자동차들이 지나간다.

고양이다.

차에 시동을 끄고 내린다. 교차로를 건너 하겐다즈에 들어간다. 아이스크림을 주문하고 자리에 앉아 고양이를 본다. 아무도 고양이를 치우지 않는다. 차가 많지 않아서 고양이를 피해 간다. 아주 조금, 고양이가 움직이는 거 같다. 숨을 쉬고 있을까. 등은 검은색이고 배는 하얗다. 아이스크림을 하나 더 먹는다. 뜨거움이 식지 않는다. 고양이의 숨도 쉽게 꺼지지 않는 거 같다. 인공 눈물을 넣고 눈을 감자 아이스크림의 맛과 고양이를 긁던 느낌이 뒤섞인다. 긁던 느낌이 깊어지자 몸이 딱딱하게 굳는 거 같다. 체육 시간에 운동장을 한 바퀴 돌다가 쥐가 나서 바닥에 주저앉은 적이 있었다. 내 몸의 근육은 지금 쥐가 나기 바로 직전이다.

눈을 뜨자 사람들이 신호등을 건넌다. 사람들이 모두 건너고 나자 고양이는 없다.

갑자기 배가 고프다. 길을 건너 파리바게뜨로 들어간다. 카푸치노와 치즈케이크를 사서 차로 돌아온다. 허겁지겁 먹는다. 치즈케이크가 순식간에 사라진다. 고양이랑 함께 먹기라도 한 듯. 치즈케이크를 하나 더 사서 먹는다.

고양이는 어디로 갔을까.

삼촌이 유치원 원장과 함께 집에 온다. 유치원 원장이 날 보고 싶어 했다고 한다.

"같이 저녁 먹자."

"생각 없어요."

"그래도 먹어야 해. 힘을 내야 버티지."

유치원 원장이 날 빤히 들여다보면서 말한다. 눈빛이 예사롭지 않다. 무언가 알고 있다는 듯.

"그러죠."

아웃백으로 간다. 삼촌은 느끼하다며 연신 투덜댄다. 집에 왔을 때도 삼촌은 김치 없이 밥을 먹지 못한다. 원장이 샐러드를 주문해서 삼촌을 달랜다. 휴대폰이 울리자 삼촌이 전화를 받다가 테이블에서 일어선다.

"찾았어요?"

"응? 뭐가?"

"아까 날 자꾸 쳐다봤잖아요."

"언제?"

"집에서."

"내가 그랬어?"

"못 찾았죠?"

"뭘?"

삼촌이 자리에 앉는다.

"무슨 얘기해?"

"어? 아무것도 아니야."

말을 돌리는 걸 보니 내가 정확히 간파했다. 찾을 수 없었을 거다. 이제 내 안에 불행 따위는 없으니까.

삼촌이 파스타를 돌돌 말아 원장의 입에 넣어 주려 한다. 원장은 내 눈치를 보며 됐다고 한다. 삼촌의 어린애 같은 태도 때문이기도 하지만 아까 내가 한 말에 정곡이 찔렸기 때문이리라. 삼촌이 아랑곳 않고 넣어 주려 하자 원장이 화장실에 갔다 오겠다며 일어서려 한다. 삼촌은 고집을 부리며 한 입 먹고 가라고 한다. 원장은 하는 수 없이 받아먹고 화장실로 간다. 유치원생을 가르치랬지 누가 유치원생이 되라고 했나.

"너도 줄까?"

"노 땡큐."

"아빠…… 자동차는?"

내 주변의 모든 인간은 이유 없이 사람을 만나지 않는다.

"내가 타고 다닐 건데? 나, 면허 땄어."

"뭐?"

삼촌은 렉서스를 얻기 위해 아웃백으로 날 유인했다. 겨우 스테이크를 미끼로 렉서스를 얻어 가려 하다니. 렉서스 하나쯤 주어도 상관은 없지만 렉서스에서 끝나지 않을 거다. 그건 엄마가 방 변호사한테 했던 말이다. 삼촌이 유치원을 차린 후 망하고 왔을 때 방 변호사가 그 빚을 청산해 준다고 하자 엄마는 이번 한 번만으로 끝이 아닐 거라며 반대했다. 빚에 시달리며 살아 봐야 돈이 소중한 걸 안다면서. 렉서스가 안 된다는 걸 알아야 그 이상 욕심을 내지 못할 거다.

"벽지는 왜 바꿨어?"

"꿀꿀해서."

"고모가 그러는데 너, 엄마 아빠 옷도 다 버렸다며?"

"삼촌이 가져가려고 했어?"

"맞지도 않는 걸 내가 왜 가져가?"

"그럼 상관없잖아."

"이상해서 그러지. 보통 가족이 죽으면 한동안 방이나 옷을 그대로 두거든."

날 '보통'으로 규정하려 하니까 이상하게 보이는 거다.

"장례식이 끝나니까 너는 아무 일도 없었던 거 같아. 아니면, 예상한 일이었거나."

원장이 삼촌 어깨를 만지며 자리에 앉는다.

"뭐가 끝났다고?"

"응? 아니야. 이제 어려운 일은 다 끝났다고."

삼촌과 나의 전쟁은 지금부터 시작이다. 뭔가를 알고

있을지도 모르는 쪽은 원장이 아니라 삼촌이었다.

자살 사이트를 검색하면 "희망, 생명은 소중합니다."가
강제로 뜬다. 유해 사이트라 원천적으로 차단된다는 설명
도 있다. YTN은 그대로 두면서. 여기지기 돌고 돌이 겨우
'엄마야 누나야, 살자'를 찾아낸다. 자살에 대한 정보가
수두룩 빽빽하다. 요즘엔 자동차에서 착화탄을 피워 일산
화탄소중독으로 죽는 방법이 대세인 모양이다. 서울대 출
신의 탤런트가 그 방법으로 자살한 후 많은 사람들이 따
라 하고 있단다. 자동차가 없는 사람은 방에서 창문을 꼭
닫고 실행하면 된다고 한다. 실패한 적이 있는 사람 말에
의하면 일산화탄소가 너무 독해 견딜 수 없어서 창문을
열었다고 한다. 필히 수면제를 먹고 잠이 들 무렵에 해야
한다고 강조한다.

글 하나에 느낌이 꽂힌다.

무색무취 고독성 농약.

농약 뚜껑도 연녹색으로 얌전하게 생겼다. 소독약보다
도 안전한 이미지란다. 주로 진딧물이나 담배나방 방제에
쓰인다는 설명이다. 60대 부부가 미역국을 먹고 죽었는데

그 안에서 메소밀 성분이 나왔다. 80대 할머니는 메소밀이 묻은 봉지에 담긴 쌀로 밥을 해 먹고 죽었다.

"엄마가 널 위해 얼마나 열심히 살았는데…….", "엄마가 널 얼마나 힘들게 낳았는데…….."보다 "죽 쏜 농사" 한마디의 효과가, 바로 메소밀이다. 현재는 판매가 금지되어 구하기 어렵다고 한다. 구하기 어려운 게 아니라 구하기 비싸다는 댓들이 달렸다. 그리고 자신의 이메일을 적어 두었다. 닉네임 '아름다운 청춘'에게 메일을 보낸다.

햄버거가 당겨서 집을 나선다. 엄마가 절대 먹지 못하게 했던 빅맥을 먹으며 골똘해진다. 엄마가 떠난 후 한동안 식욕이 예전 같지 않았다. 절제시키는 사람이 없어서인지 식욕이 돌지 않았다. 요즘은 식욕이 용솟음친다. 내식욕은 엄마의 '작용'에 대한 '반작용'뿐만 아니라 원래 내 안에 있었던 걸까.

내가 다니던 학교 교복을 입은 여자애 두 명이 앞자리에 앉는다. 1학년이다.

휴대폰이 진동한다. 현정이다.

"어디야?"

"그건 왜?"

"얘기 들었어."

"그래? 그래서?"

"어? 어……."

"위로라도 하겠다고?"

"그게……."

"애쓸 필요 없이."

"뭘?"

"너도 알고 나도 알잖아."

"뭘?"

"말로 할까? 꼭? 말 안 해서 모르면 말해도 모를 거야."

"그게…… 너, 너무 무서워."

"우린 그날 끝났어. 전화하지 마. 앞으로는 안 받을 거
니까."

"나한테 왜 그래?"

"이유를 알고 싶어?"

"어? 어……."

"생각 좀 해 봐. 니가 제일 못하는 거지만."

내가 일방적으로 전화를 끊는다. 앞자리 두 여자애들이
깔깔대며 웃는다. 지금은 둘도 없어 보이지만 관계는 늘
위태위태하다는 걸 조만간 알게 될 거다. 이미 알고 있을
지도 모르고.

"잘 지냈어?"

모래의 남자가 앞에 앉는다.

"할 말이 있어서."

내가 너무 노려보고 있었는지, 멋쩍어한다.

"웬일이세요?"

"그냥 궁금하기도 하고."

"우리가 그럴 사이는 아닌데?"

"전화로 하는 게 더 위험하지 않겠어?"

모래의 남자가 콜라를 벌컥벌컥 마신다. 얼굴이 편안해 보인다.

"마음이 바뀌었어."

"……?"

"자수하지 않을 거야."

생각이 바뀌고 마음이 바뀌고 모래의 남자는 아직 질 풍노도의 시절에서 벗어나지 못했다. 어쨌든 다행이다.

"왜요?"

"너네 엄마가 무슨 말을 했는지 알아냈어."

"……?"

"할렐루야."

"어떻게 알아요?"

"아는 게 아니라 들렸어. 어제 새벽에."

엄마는 평소 할렐루야를 자주 중얼거린다. 목사의 유도

에 다른 사람들은 "아멘."이라고 말할 때 엄마는 "할렐루야."라고 한다.

"다시 편하게 자기 시작했어. 이런 편안함은 지금껏 경험해 보지 못했던 거야. 어떻게 설명할 수 없을 거 같아. 하루에두 몇 번씩 천국과 지옥을 오락가락 경험하는 사람들만 알 수 있는 거야. 이젠 안정이 됐어."

현정이와 모래의 남자. 오늘 하루 난 계속 지옥에 있다.

"다시는 딴소리 안 하는 거죠?"

"그럴게. 그리고 어쨌든 약속을 했으니까……."

현정이한테 문자가 온다.

이유가 뭐야?

"뭘 약속했는데요?"

"돈……."

"아, 맞아. 알았어요. 최대한 빨리 드릴게요."

"5만 원짜리 현금이 좋을 거 같아. 공공칠가방은 이상하니까 백팩에 넣어서."

"시간이 좀 걸릴 거예요. 경찰이 집에 더 이상 오지 않게 되면 찾아서 줄게요."

모래의 남자가 흐뭇하게 웃는다. 그의 가슴속에선 헨델의 「할렐루야」가 울려 퍼지는 거 같다. 전자음이 아니라 오케스트라 연주에 맞춰 합창단이 찬양하는 웅장함에 취한 거 같다.

모래의 남자가 일어나 나간다. 난 현정이한테 마지막 문자를 보낸다.

넌 더러워.

범인

"엄마가 왜 너를 낳았는지 알아?"

엄마의 표정은 이번에도 진지하다.

"무슨, 결실이란 말이라도 하고 싶은 거야?"

"니가 어떻게 생각하는지 말해 봐. 그 말을 들을 정도의 권리는 엄마한테 있어."

엄마는 언제나 권리를 주장해 왔다. 그럴 때면 엄마의 관음증을 거부할 수 있는 내 권리는 짓밟히곤 했다. 두 개의 권리는 동시에 참일 수 없다.

"대답해."

"엄마는 남들 하는 대로 쫓아가는 사람이잖아."

"엄마가 언제?"

"늘 그렇지."

"예를 들면?"

"아닌 적이 없어서 딱 하나만 예를 들 수 없을 정도야."

"그래도 하나만 들어 봐. 그동안 학교 보내느라 쏟은 돈이 얼만데, 예시 하나 정도는 들 줄 알아야지. 엄마는 국가에도 요구할 권리가 있어. 그동안 너한테 들어간 교육비가 얼만데."

"사교육비는 국가에 내는 게 아니야."

"어쨌든."

"묵비권 행사할래."

엄마가 도리질한다.

"엄마는 남들 하는 대로 쫓아가는 사람이라서 널 낳은 게 아니야. 넌 엄마를 몰라. 엄마가 널 낳은 이유는 사람이 사람을 절대적으로 사랑하는 게 뭔지 경험하기 위한 도전이었어."

"경험한 소감이 어때?"

"예수님이 아닌 일개 종은 애당초 그런 경험을 할 수 없다는 게, 소감이야."

낙타가 꿈에 나오지 않자, 이젠 엄마가 등장한다.

출퇴근 시간이 아닌데도 신도림역은 사람밖에 없다. 나

는 20분째 보증금 반환기 앞에서 기다린다. 한눈에 봐도 의심스러운 차림의 남자가 나를 향해 다가온다.

"모래의 여자?"

NYPD 모자를 깊게 눌러쓰고 때 이른 목도리를 두르고, 누가 봐도 수상한 깃을 허려는 사람 같다.

"아름다운 청춘?"

"돈 먼저."

봉투를 내밀자 뒤돌아 돈을 센다. 남자가 가방에서 까만 비닐봉지를 꺼내 내게 건넨다. 메소밀을 팔려는 건지 '의심'을 팔려는 건지.

"그럼."

남자가 2호선 타는 곳으로 서둘러 뛰어 내려간다. 늦어서 미안하다는 말 한마디 없다. 경찰이 가장해서 그를 만나려고 했다면 쉽게 체포했을 거다. 조만간 '아름다운 청춘'이 잡힐지도 모르겠다. 나까지 연루되지 않기를 바랄 수밖에.

나는 집에 오자마자 녹색 뚜껑을 열고 냄새를 맡는다. 냄새가 전혀 없는 건 아니다. 용기 냄새인지 뭔지 묘한 게 코를 간질인다.

메시지가 온다. 메시지를 확인하기 전에 먼저 샤워를 하러 들어간다. 거품이 엉큼하게 내 몸을 타고 흐른다. 욕실 문을 열어 놓고 샤워를 하니까 평화롭기 그지없다. 욕실을 나와서 메시지를 확인한다.

미안해. 자수해야겠어. 이번엔 정말이야.

"병신!"

생긴 대로 논다. 사람을 잘못 골랐다. 베드로 목장에서 봤을 때의 그 순수한 느낌은 온데간데없다.

절대로 너에 대해선 말하지 않을 거야. 너네 집 비밀번호는 너네 엄마 주민등록증을 보고 알았다고 할 거야. 내가 너네 엄마 지갑을 훔치고 거기서 주민등록증을 본 거지. 그래서 생일을 알아낸 거야. 엄마 지갑에 대한 정보를 내게 줘. 그럼 그럴듯하게 경찰을 속일 수 있을 거야.

장문의 문자가 연이어 도착한다. 엄마의 지갑이 지금 어디 있는지 모르겠다. 경찰이 현장에서 수거해 갔을지도 모른다. 내가 고모한테 엄마 지갑에 대해 물어본다면 모래의 남자가 자수하고 나서 고모가 이상하게 생각할 거다. 이 알리바이는 명백한 모순이다. 모래의 남자와 막달레나는 동시에 참일 수 없다. 모래의 남자는 여러모로 세상에 적합하지 않다. 나는 적합하다. 방인영은 세상의 은유다.

모래의 남자는 분명 사회적으로 성공하지 못했으리라. 외모부터 사고방식까지 어설프기 짝이 없다. 어디 가서 무슨 일을 하든 환영받지 못했을 거다. 현관문 비밀번호가 엄마 생일이라는 보장이 어디 있나. 정말로 자수를 한다면 결국 내게 온 평화가 깨질 거다.

"가난뱅이들은 돈으로 쉽게 움직일 수 있어."

방 변호사가 엄마랑 집에서 와인을 마시며 말했다. 법무법인 사람이 증인을 매수하러 했다고 신문에 기사가 났을 때였다. 사실무근이라고 신문사가 사과문을 게재했다. 방 변호사가 엄마랑 나눈 대화로 볼 때 사실이었다. 모래의 남자도 돈으로 조용히 시킬 수 있지 않을까.

그레고리 포터가 「Liquid spirit」을 노래한다. 재즈가 점점 가슴 깊이 들어오고 있다.

생머리가 찰랑거리는 음악 학원 원장이 카드를 긁는다. 입시반이 아니라고 하자 날 의아하게 본다.

"목표가 있어요?"

"슬로요."

"에릭 클랩튼처럼?"

"네."

엄마가 이 정도만 알아들었어도 공존을 고려해 볼 수도 있었을 텐데.

휴대폰이 울린다.

"방인영 학생이죠?"

"누구세요?"

"경찰입니다. 지금 집이 아닌가 보네?"

"네."

"알려 줄 게 있는데. 경찰서로 바로 나올 수 있니?"

"왜요?"

"살인범을 잡았거든."

"네?"

"놀랐지?"

"그 아저씨가 자수를 했어요?"

"아니, 우리가 체포했어. 그 아저씨는 누군데?"

"아니, 범인…… 요."

"대한민국 경찰이 강력 범죄 체포율이 얼마나 높은지 아니?"

경찰의 목소리는 중학교 3학년 1학기 기말고사에서 처음이자 마지막으로 내가 반에서 1등을 했을 때 방 변호사한테 그 사실을 알리는 엄마의 목소리와 같은 톤이다.

"지금 빨리 와. 확인해 줘야 할 것도 있고."

경찰이 일방적으로 전화를 끊는다. 모래의 남자가 드디어 사고를 쳤단 말인가. 그런데 자수가 아니라 체포됐다니, 어떻게 된 일일까. 사실은 자수를 했는데 경찰이 체포했다고 거짓말을 했을 수도 있다. 여기서 도망쳐야 할까.

경찰이 나를 체포하러 집에 갔다가 내가 없으니까 경찰서로 오게끔 전화를 걸어 유도한 걸까. 나도 모르게 "그 아저씨"라고 했을 때도 그냥 넘어갔다. 날 범인으로 생각했다면 아저씬 줄 어떻게 알았느냐고 추궁했을 텐데.

도망칠 수 있을까. 당장 인천공항으로 가서 비행기 표를 살까. 여권이 집에 있다. 공항에 내 사진이 배포됐을지도 모른다. 그렇다면 배를 타야 한다. 밀항하는 배는 어디서 탈 수 있을까. 인천에 있는 부두 어디쯤에 한반도의 비상 탈출구가 있을까. 현금카드로 돈을 찾을 때 바로 경찰서로 연락이 돼서 출동하지 않을까. 「CSI」에서는 그게 가능한데 대한민국 경찰도 그럴까.

"연습은 다음부터 할게요."

서둘러 학원을 나온다. 신용카드를 긁은 정보가 경찰에게 흘러 들어갔을지도 모른다. 감옥에서 세월을 보낼 순 없다. 이제 겨우 가족이라는 감옥에서 빠져나왔는데. 음악 학원의 건너편 커피숍으로 들어가 창가에 앉는다. 경찰이 출동하는지 관찰하기엔 최적의 장소다.

모래의 남자는 어설프기 짝이 없는 사람이다. 그 사실을 좀 더 일찍 깨달았어야 했는데. 유진이라면 볼 수 있었을까. 고등학교에 입학한 후 유진이는 친할 가치가 있는 친구와 가치가 없는 떨거지들을 명확히 구분했다. 중학교 때부터 알고 지내지 않았다면 난 애초부터 '유진 그룹'에 속하지 못했을 거다. 뒤늦게 분리수거가 되긴 했지만.

음악 학원에 들어가는 수상한 사람은 보이지 않는다.

휴대폰이 진동한다. 고모다. 중요한 시간을 방해하는 건 언제나 혈연이다. 고모도 벌써 살인범에 대한 소식을 들었을 거다. 경찰이 고모한테 내가 공범이라고 말했을까. 호들갑스러운 고모의 성격을 경찰이 파악했다면 나를 유인하라는 임무를 맡겼을 리 없다. 내가 골몰하는 동안 고모는 참지 못하고 전화를 끊는다. 곧이어 문자 메시지가 도착한다.

고모도 지금 경찰서로 가는 중이니까 겁먹지 말고 빨리 와.

겁먹지 말라고?

청부 살인을 한 걸 알고 있고 또 이해할 수 있으니 앞으로 어떻게 될지 겁먹지 말라는 말일까. 아니면 자기 오빠의 원수를 갚지 않을 테니 겁먹지 말라는 걸까.

살인범이 누구래?

고모를 떠보기 위해 문자를 보낸다. 경찰이 옆에서 고모를 조종하지 않기를 바라면서. 휴대폰이 울린다. 성질 급한 고모다. 모 아니면 도다.

"경찰이 말 안 했어?"

"자세하게는."

"참, 기가 막혀서."

고모는 흥분에 떨고 있다. 나보다 한 세대 위 핏줄은 모두 다혈질이다. 다행히 내 피는 뜨겁지 않다. 방 변호사도 엄마도 모두 뜨겁다. 내 차가움은 근원이 없다. 그래서 진짜 내 거다.

"니 삼촌이란다……."

……!

내 삼촌이 아니라 고모의 남동생이겠지.

경찰이 차근차근 설명한다. 삼촌의 키는 180 정도 되고 발은 280이다. CCTV에 찍힌 키와 거실에 있는 낯선 족적이 삼촌과 같다. 모래의 남자의 키는 170 정도 될 거다. CCTV 속 범인의 헤어스타일도 삼촌과 같다. 삼촌은 사건이 있기 얼마 전에 파마를 했다가 사건 후에 파마를 풀었다. 삼촌의 집 근처 미용실에서 경찰이 확인했다고 한다. 경찰은 삼촌이 변장을 하기 위해 파마를 했던 것으로 보고 있다. 범인으로 추정되는 사람이 찍힌 CCTV 화면은 아파트 입구부터 시작해서 여러 개가 있지만 잘 보이지 않는다. 그건 나의 '살인의 조감도'가 효과를 발휘했기 때문일 거다. 엘리베이터 CCTV에 찍힌 화면이 범인을 가장 잘 보여 준다. 범인은 답답했는지 엘리베이터 안에서 헬멧의 가리개를 열었는데 그때 거울에 비친 헤어스타일이 곱슬머리였다. 삼촌은 기분 전환을 위해 파마를 했다가 어울리지 않아서 풀었다고 말했단다.

"우연이 한두 개라야 믿을 수 있는데……."

경찰이 말했다.

삼촌은 출퇴근용으로 오토바이를 탄다. 집에는 헬멧이 두 개 있다. 그중 CCTV에 찍힌 것과 동일한 건 없지만 증거인멸을 위해 범행 때 사용한 걸 버렸을 거란다. 삼촌은 추석 때 집에 오지 않았다. 추석 당일 유치원 원장의 시골집에 인사를 드리러 갔다가 그날 저녁 돌아왔다. 원장은 시골집에 계속 머물렀다. 원장이랑 해외여행이라도 갔다면 완벽한 알리바이가 있었을 텐데. 사건 전날 친구들을 만나 술을 마시고 집에 와서 잤단다. 사건 당일엔 전날 과음한 탓에 집에서 계속 잤다고 진술했다. 삼촌은 우리 집 현관문 비밀번호도 알고 있는 데다 방 변호사와 싸운 것도 주변의 증언을 이미 받아 놓은 상태였다. 고모와 내게 보여 준 CCTV 속 범인을 삼촌이라 해도 못 믿을 건 없다. 모래의 남자가 내 말대로 키높이 구두를 신었다면 삼촌의 키와 얼추 비슷해진다. 경찰은 언제부터 삼촌을 의심하고 있었을까. 지난번 집에 와서 삼촌에 대해 물어보기 전부터 이미 삼촌을 점찍어 두고 조사했던 모양이다.

"보다 결정적인 증거는 두 가집니다."

하나는 삼촌이 살고 있는 원룸 엘리베이터 안에서 찍힌 삼촌과 우리 아파트 엘리베이터에 찍힌 범인의 행동 패턴이 유사하다는 점이란다. 가만히 서 있다가 엘리베이터에 사람이 들어오자 왼손을 오른쪽 어깨에 올리고 주무르는 거 같다. 경찰이 각각 캡처해서 보여 준 두 장면을 한 화면에 띄우고 보니까 두 사람의 행동이 거의 똑같다.

"누구나 할 수 있는 행동이잖아요?"

고모가 동생을 감싼다.

"다른 사람이 엘리베이터에 타니까 손을 올리고 사람이 내리니까 손을 내리잖아요. 이건 한 사람만의 특징이라고 볼 수밖에 없죠."

또한 삼촌의 걸음걸이와 우리 아파트 입구로 들어오면서 찍힌 범인의 걸음걸이가, 전문가의 분석에 의하면 "거의 일치"한단다.

다른 하나는 엘리베이터 안에 있던 범인의 신발이 검은색 워커인데 삼촌의 신발 중에도 같은 치수로 추정되는 검은색 워커가 있다는 거다. 옷은 버렸는데 신발은 아직 버리지 못했을 거란다.

사건 전날 밤에 삼촌이 원룸으로 들어오는 장면은 녹화가 됐는데 다음 날 나가는 건 찍히지 않았다. 삼촌은 원룸 5층 꼭대기에 살고 있다. CCTV에 노출되지 않고 옥상으로 올라가서 난간을 타고 밖으로 나올 수 있다고 한다.

"제가 직접 가서 해 보니까 충분히 가능해요."

경찰이 확신에 차서 말한다.

경찰의 설명을 들어도 난 삼촌이 범인으로 보이지 않는다. 미술 선생이 "미술은 아는 만큼 보인다."라고 했다. 아무리 봐도 CCTV 속 범인은 모래의 남자다.

경찰은 방 변호사가 평소 삼촌을 무시해 왔고 삼촌의 결혼을 반대한 게 결정적인 살해 동기라고 설명한다. 방 변호사와 한통속으로 삼촌을 무시해 왔던 고모가 그 말에 고개를 돌린다. 체포돼서 구속 수사를 받고 있는 삼촌은 한사코 아니라고 발뺌을 한단다. 그래서 살인에 사용된 증거물들이 있는 곳을 말하지 않는다고 한다. 고모는 경찰의 설명을 들으며 어떻게 그럴 수 있느냐고, 반복해서 가슴을 쓸어내린다. 눈물, 콧물도 쏟아진다.

"혹시 증거가 될 만한 걸 찾으면 연락해 주세요. 증거를 찾아야 확실해지니까요."

경찰이 고모의 육덕진 가슴을 흘끗거리며 말한다. 고모도 경찰의 눈빛을 알아챘는지 두 사람 시선이 오간다. 경찰도 고모도, 날 의심할 겨를이 없다.

경찰서를 나와 고모와 던킨도너츠에 들어온다. 난 카푸치노와 도넛을 먹는다. 너무 아무렇지도 않은 듯 먹으면 고모가 의심할까 봐, 자제한다.

"삼촌이 니가 자꾸 이상하다고 하던데. 그놈이 지가 죽여서 그렇게 말한 거지, 미친놈. 어떻게, 어떻게…… 그런 생각을……."

고모는 울먹울먹, 감정을 다스리지 못한다.

"유치원 원장은?"

"연락이 안 돼. 삼촌이 꼭 연락해 달라고 했는데, 아무리 전화를 해도 안 받아. 나쁜 년, 누구 때문에……."

나중에 기회가 되면 원장을 만나서 허심탄회하게 이야기를 해 보고 싶다.

"고모도 삼촌이 범인 같아?"

"경찰이 그렇다잖아."

"그건 경찰 생각이고. 삼촌이 왜 죽였을까?"

"그러니까…… 결혼을 반대한다고 죽일 것까진 없잖아. 오빠한테 허락을 안 받아도 지가 결혼 못 할 나이도 아닌데. 넌, 삼촌이 아닌 거 같아?"

"모르겠어. 중요한 건 엄마 아빠가 죽었다는 거니까."

고모가 내 손을 잡는다. 고모는 방 변호사한테 1억 원 좀 넘게 빌렸다. 엄마는 고모가 그 돈을 갚지 않을까 봐

불안해했다. 이제 갚지 않을 거다. 방 변호사가 죽고 나서 고모는 그에 대해 한마디도 하지 않았다. 내가 모르고 있을 거라 생각하는 모양이다. 고모가 날 괴롭히면 그때 1억 원 카드를 꺼내 놓을 거다. 단순한 고모는 그렇게 쉽게 제압이 가능하다. 경찰이 계속 분발하면 삼촌도 제거될 거다. 남은 건 모래의 남자다.

고모가 지갑에서 만 원을 꺼내 내 앞에 둔다.

"고모는 병원 들어가 봐야 되니까, 이걸로 더 먹어."

내가 고모보다 훨씬 부자라는 걸 모르는 듯 말한다. 조심했는데 내가 도넛을 게걸스럽게 먹은 모양이다.

엄마 말에 의하면 고모가 바람을 피웠단다. 고모가 자신의 외도를 말 옮기기 좋아하는 올케한테 말하진 않았을 텐데 어떻게 알아냈는지 엄마는, 죽기 전부터 귀신이었다. 병원에 의약품을 납품하는 제약 회사 직원이란다. 엄마는 이왕 바람을 피울 거면 의사랑 피워야지 제약 회사 세일즈맨이 뭐냐며, 고모의 안목을 비난했다. 물론 그 남자를 실제 본 건 아니다. 엄마에게는 직업이 곧 매력이며 사람의 가치다. 엄마는 그 말을 하면서 방 변호사한테는 절대로 말하면 안 된다고 신신당부했다. 우리 가족 중 가장 입이 가벼운 사람이 엄마면서 엄마는 늘 다른 사람의 입단속을 하려 들었다. 할머니와 방 변호사는 고모가 간호사로 일하면서 의사와 결혼하기를 기대했지만 고모는 환자의 아들이었던 평범한 남자와 눈이 맞았다. 엄마가 바람피우는 고모를 내 앞에서 욕한 건, 부러워서였는지도 모른다. 엄마는 변호사와 결혼했기에, 의사와는 결혼도 못 하고 바람도 못 피운 고모보다 자신이 우월하다고 생각한다. 우월감은 평소 고모를 대하는 엄마의 태도에서 쉽게 드러난다. 그렇다고 엄마와 고모 사이가 나빴던 건 아니다. 둘은 종종 백화점부터 마트까지 잘 어울려 다녔다. 서로 좋아하지 않으면서 가깝게 지내는 사이다. 방 변호사는 둘이 "죽이 잘 맞는"다고 했지만 그건 방 변호사가 관찰력이 깊지 못해서 한 말이다. 남자는 여자의 몸매만 볼 뿐 관계까지는 못 보니까. 할머니는 고모와 엄마를 보며 "그래도 자다 깨 보면 먼 사이"라고 했다. 여자들의 친한 척은 '엄마와 고모의 관계'다. 나도 한때 그런 걸로 내 관계의 목록을 채웠던 적이 있다. 엄마와 고모의 관계가 부질없다는 걸 깨달았을 때 내 옆에는 유진이가 있었다. 7·23 사태 이후, 인간관계는 엄마와 고모의 관계 이상이 없다는 걸 알았다.

택시를 잡는 고모의 뒷모습이 쓸쓸해 보인다. 졸지에 오빠와 남동생을 잃었다.

엄마는 도넛도 먹지 못하게 했다. 엄마가 걱정한 건 도넛 안에 든 열량과 당분이다. 엄마가 헤아리지 못한 건 좋아하는 도넛을 먹지 못하면서 내게 쌓인 열렬한 스트레스다. 스트레스는 열량보다 훨씬 뜨겁다. 난 엄마가 원하는 딸로 살 수 없었다. 엄마와 끝까지 함께 간다면 내 영혼은 조만간 고양이 밥이 됐으리라. 무리하지 않고 생긴 만큼 살고 싶었다. 난 '슬로'인데 엄마는 '속주'를 원했다. 엄마는 내가 '슬로'로 살지 못하도록 끝까지 방해했을 거다. 난 도저히 두 개의 삶을 살 수 없었다. 스물일곱 살까지라도 내 인생을 살기 위해서는 어쩔 수 없었다. 낙타가 다시 꿈에 나온다면 이런 진실을 말해 주고 싶다.

신화창조 사탐이 독립운동과 분단의 역사를 설명하면서, 김구의 죽음이 가장 안타까운 현대사라고 말했다.

"김구를 죽인 범인은 안두희가 아니야. 분단의 망령이지."

엄마를 죽인 범인은, 엄마다.

모래의 남자한테 메시지를 보낸다.

엄마의 다이아몬드를 돌려받고 싶어요.

(You know) I'm no good

따분하다.

"따분할 때는 행복했던 때를 생각해요. 잘나가던 때."

내 생각을 듣기라도 했는지 텔레비전 토크쇼에서 개그우먼이 말한다.

행복은 외계에나 있는 거다. 행복을 찾아 떠난 사람 중 돌아온 사람은 모두 행복을 찾지 못했고 행복을 찾은 사람은 모두 돌아오지 않았다. 중3 때 '행복 여행'을 주제로 한 숙제에서 쓴 내용이다. 난 그때 이미 진리를 알아 버렸다. 당시 국어는 진리를 알아보지 못하고 B를 주었다.

학년 초에 담탱이가 말했다.

"선생님이 너의 영어 실력에 내릴 수 있는 처방은 죽어라 단어를 외우라는 것밖에는 없겠다. 단어만 많이 알아도 대충 답이 보이는 법이야."

지금껏 그 방법을 몰라서 영어를 못했을까.

"탄수화물 중독 증상이 있네. 커피 믹스는 절대로 마시지 말고. 빵, 과자, 사탕, 초콜릿, 당연히 줄여야지."

의사가 내린 처방이다. 내가 의사한테 "자본주의 중독 증상이 있으니 월급을 줄이세요."라고 말한다면 그렇게 하겠나.

전문가든 비전문가든 사람들의 처방은 허술하다. 답을 모르고 있기 때문이다. 답을 모르고 있던 모래의 남자를 구원했지만 그는 자신이 답을 찾았는지조차 모르고 있다.

"똑같은 선생님한테 배우고 서울대에 가는 놈도 있고 지방대 가는 놈도 있어. 그게 뭔 줄 알아? 아무리 가르쳐도 안 되는 놈이 있다는 말이야."

잉글독이 한 말이다.

차에 시동을 걸 때마다 전율이 온다. 전자파 때문은 아니다. 설렘이다. 어디든 마음대로 갈 수 있다는 게, 무엇보다 여기서 벗어날 수 있다는 게 날 설레게 한다. 아파트 입구를 나와 좌회전한다. 지하도로 내려갔다가 올라오면서 오른쪽 차선으로 끼어들어야 내가 원하는 곳으로 갈 수 있다.

드르륵…….

직진해 오던 차를 긁는다. 구석에 자동차를 댄다. K5에서 남자가 목덜미를 잡으며 내린다.

"너!"

과외다.

"선생님 차예요?"

"너, 차?"

과외가 웃는다. 마치 접촉 사고를 어제부터 예견했다는 듯, 여전히 건방진 표정이다.

"아, 이거 뽑은 지 두 달밖에 안 된 건데."

과외가 인상을 구긴다.

"너네 부모님……."

과외가 숙연해진다.

"어쩔까요? 쌍방 과실, 그런 건가?"

"아니지. 니가 끼어든 거니까. 직진 차량이 우선이거든."

"제 잘못이에요?"

"그렇지. 내 차에 블랙박스도 있고."

"그럼, 수리비하고 계좌 번호 문자로 보내세요."

인간관계에서 삭제된 사람하고 돈 관계로 엮이고 싶지

않다.

"보험 처리 안 하고?"

"어떻게 하는 건데요?"

과외가 보험으로 처리하는 방법을 가르쳐 준다.

"그렇게 할게요."

"너는…… 괜찮은 거야?"

"괜찮아요. 선생님 차가 문제네."

"아니, 그거 말고. 부모님……."

"약속이 있어서 가 봐야 돼요."

"자차는 들었겠지?"

"뭔지 모르지만 들었을 거예요."

뒤에서 빵빵거리는 아우성을 핑계로 나는 차로 돌아온
다. 과외는 차로 돌아가면서도 계속해서 나를 본다. 괜찮
으면 안 된다는 듯. 그전엔 괜찮지 않았는데 이제야 괜찮
아졌다고 말해 줄 수도 없고, 그냥 손 한번 흔들고 출발한
다. 말해 준다고 해도 SKY 따위가 알아듣지도 못할 거다.

코니 프랜시스의 「Fall in」에 빠진다.

스크램블 교차로에서 좌회전하자 모래의 남자가 우중
충하게 서 있다.

"여기."

차에 타자마자 손수건에 싼 걸 건넨다. 나는 받아서 콘

솔 박스에 넣는다.

"내가 좀 늦었죠?"

"확인 안 해?"

"다이아몬드겠죠."

문자가 온다. 과외다.

아깐 경황이 없었어. 잘 지내고 힘든 일 있으면 연락해. 내가 도와줄 수 있는 건 도와줄게.

내가 갑자기 심장마비를 일으켰는데 과외가 옆에 있다면 심폐소생술 정도는 할 줄 알 테니까 도움이 될 수도 있겠다. 그것 말고는 전혀 도움이 될 게 없는 사람이라는 걸 답문으로 보내고 싶지만, 키핑한다. 휴대폰에서 배터리를 뺀다. 어떤 일이 있을지 모르니까 알리바이를 위해 내 위치가 노출되면 안 된다. 자동차는 어떡할까. 이제 와서 차를 두고 택시를 탈 수도 없다. 곳곳에 CCTV가 엿보고 있다. 경찰이 렉서스를 추적할지도 모른다. '우연'에 맡길 수밖에.

"자수는 왜 하필 내일이에요?"

"내일이 내 생일이거든."

"무슨 상관인데요?"

"내일이면 불혹이야. 그거면 충분해."

"사형일까요?"

"아니면 무기징역이겠지."

"반성하면 5년 형일 수도 있잖아요."

방 변호사에 의하면 판사 앞에서 어떤 태도를 보이느냐가 형량을 선고하는 데 결정적이라고 한다. 황당무계하기 짝이 없는 권위주의의 잔재다.

"반성하지 않을 거야. 다시 세상에 나오지 않을 거거든."

사거리에서 조심스럽게 우회전한다. 또 접촉 사고가 나면 내가 모래의 남자와 함께 있었다는 걸 누군가가 목격할 거다. 그럼 모든 계획이 수포로 돌아갈지도 모른다. 그야말로 동부이촌동 변호사 부부 살인 사건은 지금껏 내가 살면서 세운 가장 완벽한 계획이고 유일한 성공이었다.

"진짜 성공한 사람이 누군지 알아?"

프랑스로 요리를 배우러 유학을 가는 고모 아들한테 술 한잔 따라 주며 방 변호사가 말했다. 고모 아들은 중학교 때 방 변호사를 존경한다고 말했다. 그 후 머리가 깨이면서 생각이 바뀌었겠지만 바뀐 생각을 표현하지는 않았다. 사리 분별이 모자랄 때 고모 아들이 배설한 말을 방 변호사는 가슴 깊이 간직하면서 그를 좋아했다. 외탁을 했다며 자신을 닮았다고 했다.

"자신의 성공을 지켜 낼 줄 아는 사람이야. 외삼촌은

니가 프랑스에 가서 성공하리라 120프로 장담한다."

비가 내린다. 어둑어둑한 전조가 괜한 게 아니었다. 운전하기가 어렵다. 인터넷에서 확인한 일몰 시간은 5시 35분이다. 비를 몰고 오는 사람이려나. 비가 오자 모래의 남자는 창밖을 멍하니 본다. 모래의 남자한테 비는, 삼촌의 걸그룹이고 엄마의 백화점이며 방 변호사의 한게임 고스톱이다.

자동차들이 뒤엉킨다. 클랙슨이 울리고 비상 깜빡이가 도로를 어지럽게 수놓는다.

빗줄기가 거세진다. 멀리서 하늘에 금이 가려는 듯 번쩍인다. 천둥이 친다. 발에 힘이 들어간다. 10미터쯤 앞에 가로수 옆으로 번개가 친다.

"놀랄 거 없어. 아무리 번개가 쳐도 자동차 안은 안전해."

미심쩍다.

"지금껏 자동차 안에서 벼락 맞아 죽었다는 뉴스를 단한 번이라도 본 적 있어?"

방 변호사라면 그런 뉴스를 봤을 수도 있다. 난 뉴스를 잘 안 보니까.

"날 믿어. 여긴 안전해."

믿을 만한 사람이었다면 여기까지 오지도 않았다.

비보다 빨리 달렸는지 비가 내리지 않는다. 드디어 지평선 너머로 해가 떨어진다. 도로에서 이탈해 강가에 차를 세운다.

"왜? 납골당은 아직 먼 거 같은데?"

"배 안 고파요? 뭐 좀 먹고 가죠. 뒤에 있는 바구니 좀 주세요."

모래의 남자가 뒷좌석에 있는 바구니 쪽으로 손을 뻗는다. 그동안 난 행여 우리를 목격하는 사람이 있는지 주변을 살핀다. 강 너머에 전원주택 두 채가 보인다. 헤드라이트를 끈다. 전원주택에선 내가 보이지 않을 거라고 믿는다.

모래의 남자가 바구니 속에서 샌드위치, 도넛, 쿠키를 꺼낸다. 내가 먼저 쿠키를 한 입 물고 사과 주스를 마신다.

"최후의 만찬인가?"

아직 모르고 있겠지만, 내가 당신을 배반하리라.

"그러잖아도 좀 출출했는데."

모래의 남자가 내 계획과 달리 콜라를 잡지 않는다. 이러면 안 되는데.

"콜라 안 마셔요?"

"감옥 가면 너무 마시고 싶을 거 같아서 자제하려고."

"감옥 들어가서 시작해도 되지 않을까요?"

"그런 생각으로 담배를 결국 못 끊었거든. 그리고 오늘 너무 많이 마셨어. 떡볶이를 아무리 좋아해도 하루 세 끼를 먹을 순 없잖아."

나는 하루 세 끼 도넛이 가능하다.

모래의 남자가 음료수 거치대에 있는 커피를 마신다, 내가 마시던 거다. 눈치챈 건 아니겠지. 이틀 동안 여러 번 시도해서 겨우 성공했는데. 콜라에 붙은 래핑지를 살짝 떼고 주사기로 메소밀을 넣었다. 김이 새지 않도록 주삿바늘이 뚫은 구멍에 순간접착제를 덧바르고 래핑지를 다시 붙였다. 몇 번의 실패 끝에 감쪽같이 겨우 하나가 성공했고 그 콜라를 가져왔다. 살인의 조감도에 이은 내 두 번째 작품이다. 그런데 모래의 남자가 콜라를 마시지 않아서 그 모든 노력이 말짱 황이 되었다.

"너, 마실래?"

모래의 남자가 콜라를 내민다.

"아뇨, 탄산은 안 마셔요."

이제 어떡할까.

쩝쩝.

쿠키와 샌드위치를 먹으며 모래의 남자가 소리를 낸다. 삼촌도 음식을 먹을 때 시끄러울 정도로 쩝쩝댄다. 언젠가 소리 좀 내지 말라고 하자, 내게도 해 보라며 이래야 먹는 거 같다고 했다. 생긴 것도 닮지 않았고 키도 다르지만 모래의 남자와 삼촌은 어쩌면 한 사람일지도 모른다. 깨우친 사람만 볼 수 있는 존재의 본질 같은 게 아닐까.

모래의 남자가 커피를 다 비운다. 이럴 줄 알았으면 메소밀을 커피에 탈 걸 그랬다. "사람 일이란 게 계획대로 되냐?"라던 할머니도 비슷한 경험이 있었을까.

잠깐 나갔다 오겠다며 모래의 남자가 자동차 밖으로 나간다. 한 손에 샌드위치를 들고 간다. 두리번거리는 게 소변볼 장소를 찾는 모양이다.

계획을 수정해야 한다. 엄마가 사 준 전기 충격기가 운전석 시트 주머니에 있다. 모래의 남자를 전기 충격으로 쓰러뜨린 후 강제로 메소밀을 입에 넣을까. 아무래도 위험하다. 곧 돌아올 텐데. 밖에서 불빛이 움직인다. 강 너머 도로를 따라 자동차가 왼쪽에서 오른쪽으로 움직이고 있다. 별똥별이 떨어지듯 속도가 제법 빠르다.

유레카!

커피 옆에는 생수가 있다. 모래의 남자가 커피를 다 마셨으니 이번엔 생수를 마실지도 모른다. 바깥을 살펴도 어딜 갔는지 보이지 않는다. 뒷좌석으로 팔을 뻗어 가방을 연다. 주사기가 손에 닿는다. 바깥 소리에 집중한다. 인적이 느껴지지 않는다. 무언가 주위를 빙빙 도는 거 같은 느낌이 든다. 납골당과 20킬로미터쯤 떨어져 있다. 엄마의 영혼이 와서 날 응원하고 있는 건지도 모른다. 생수에다 메소밀을 주입하기만 하면 된다. 생수를 여는데 부들부들 떨려 뚜껑이 조수석 아래로 떨어진다. 뚜껑을 집으려 손을 뻗는다.

"젠장!"

현정이라면 닿았을 텐데. 병뚜껑 따위가 중요한 게 아니다. 주사기를 입에 물고 뚜껑을 빼서 뱉는다. 심호흡을 한다. 바늘을 생수에 넣고 누른다. 모래의 남자가 뒷좌석에서 날 보고 있는 것만 같다. 백미러를 본다. 누가 있을리 없다. 백미러에 얼굴을 더 가까이 댄다. 겁을 집어먹은 방인영이 보인다. 겁먹을 거 없다. 전기 충격기가 있으니까.

덜컹!

깜짝 놀라서 주사기를 얼른 뒷좌석 아래로 던진다. 심장이 귀 옆에 붙은 듯하다.

"쌀쌀하다."

모래의 남자가 왼손을 불편하게 쳐들고 있다. 손에 흙이 묻었다.

"물 좀 써도 되지?"

엉겁결에 들고 있던 생수를 건넨다. 모래의 남자가 차

문을 연 채 흙 묻은 손에다 생수를 쏟아붓는다.

맙소사!

"이제 그만 갈까? 납골당 문 닫겠다."

나는 어쩔 수 없이 헤드라이트를 켠다. 돌이켜 보면 동부이촌동 변호사 부부 살인 사건 말고는 계획대로 성공한 적이 거의 없었다. 언젠가 점을 보고 온 엄마가 고모와 통화하는 걸 엿들었다. 점쟁이가 나는 운이 잘 따르지 않는다고 했단다. 그래서 부모가 재물도 많이 쌓아 놓고 덕도 많이 쌓아야 된다면서. 엄마는 점쟁이의 말을 반만 실천했다. 재물만 쌓았고 덕은 쌓지 않았다.

"내가 자수하면."

"범인이 잡힌 건 알아요?"

"무슨 범인?"

"동부이촌동 변호사 부부 살인 사건 범인."

"뭐? 누군데?"

"우리 삼촌이래요. 혹시 아저씨가 안 죽인 거 아니에요?"

"난 결백해."

"결백하다고요?"

"내가 죽인 게 맞는다고."

"그럼 결백한 게 아니잖아요."

"안 죽인 게 아니라는 게, 결백하다고."

"잘 생각해 봐요."

"아니, 왜? 너네 삼촌이 자수한 거 맞아? 그게 말이 돼? 그럴 리가 없잖아."

"자수하면 경찰도 아저씨가 변호사 부부를 죽일 이유가 없다고 생각할 거예요. 그래서 결국 나를 찾아낼 거고."

모래의 남자가 손을 뒤로 뻗는다. 난 가로등도 별로 없는 어두운 길에 집중한다.

톡.

어떤 느낌에 사로잡혀 고개를 돌린다.

……!

모래의 남자가 콜라를 마시고 있다. 벌컥벌컥, 360밀리리터 중 150밀리리터는 마셔 버린 거 같다.

"내가 자수하면 너네 삼촌은 무고하니까 풀려나겠다. 그렇지?"

"뭐, 그럴 수도……."

"대한민국 경찰 놈들이 그렇지. 수사를 똥구멍으로 하고 있어! 병신 새끼들……."

모래의 남자가 혼자서 흥분하며 욕설을 늘어놓는다.

"하 과장 범인도 못 잡는 것들이."

"자수하면 무기징역 못 받을걸요?"

"뭐? 왜?"

"아까 말했잖아요. 태도가 중요하다고. 자수한다는 건 뉘우쳤다는 거니까."

"확실해?"

"변호사 딸이거든요?"

"어떡하지?"

"방법이 있긴 해요."

"뭔데?"

"내가 아저씨를 신고하는 거죠. 아니면 경찰한테 증거를 흘리거나."

모래의 남자가 골똘해진다.

앞쪽에 강을 건널 수 있는 다리가 보인다. 자동차를 세운다.

"왜?"

"나도 소변 좀 보고 올게요."

자동차 밖으로 나온다. 사방팔방이 뚫린 이런 곳에서 소변을 볼 생각은 없다. 콜라를 마시고 꽤 달린 거 같은데 모래의 남자는 멀쩡하다.

무색무취!

메소밀이 아닐 수도 있다. '아름다운 청춘'이 메소밀 통만 구해서 그 안에다 물을 집어넣고 60만 원을 챙긴 걸지도 모른다.

동부이촌동 변호사 부부 살인 사건 말고 하 과장 살인 사건을 자백하는 방법도 있다. 감옥에 있는 건 어차피 마찬가지다. 하 과장을 죽인 건 범행 동기도 충분하고 공범도 없다. 모래의 남자를 설득해 보리라.

차로 돌아오자 역겨운 냄새가 진동한다.

"너, 씨발! 쿠키…… 뭘 넣었어?"

모래의 남자가 토하고 있다. 토사물이 조수석 앞 대시보드에서 흘러내린다.

"너!"

'아름다운 청춘'은 아름다운 사람이었다.

"우리가 먹은 교집합은 쿠키야. 쿠키에 독을 넣었다면 나도 피를 토해야지. 멍청이."

"멍청이라 하지, 말랬……."

모래의 남자가 손을 뻗어 순식간에 내 머리칼을 움켜잡는다.

윽!

모래의 남자가 뒤로 물러난다. 전기 충격을 받은 옆구리를 만진다. 차 밖으로 빠져나가는데 과장된 웃음소리가 뒷덜미를 잡는다.

"왜, 생각…… 못 했지?"

모래의 남자의 얼굴이 편안해 보인다. 바깥바람이 시원하다. 노을이 점점 떨어진다.

다시 서울 방향으로 차를 몬다. 아까 오다가 적당한 장소를 봐 두었다. 산 중턱에 대형 송전탑이 보인다. 다리아래로 북한강이 흐른다. 시체를 강에 버려야 떠내려갈 거고 그래야 어디서 시체를 버렸는지 알 수 없을 거다. 그러면 내가 수사망에 오르는 일은 없을 거다. 시체에 묻어있을지 모르는 내 지문도 물에 씻겨 남아 있지 않게 된다. 시체를 부검하면 메소밀이 나올 수도 있다. 메소밀을 누가 구입해서 모래의 남자한테 먹였는지는 알 수 없을 거다. 영구 미제 사건으로 처리된다. 내가 모래의 남자한테 빙의되어 죄책감에 시달려 자수하지만 않는다면. 시체가 강 위로 떠오르지 않고 물고기 밥이 되어 강물 속에서 분해돼 버릴지도 모른다. 그러기 위해서 시체에다 아령을 묶는다. 방 변호사가 사용하던 거다. 별다른 특징이 없으니 설사 발견된다 해도 그게 동부이촌동에 살던 변호사의 것이라곤 『반지의 제왕』을 쓴 톨킨이 살아 돌아온다 해도 상상할 수 없을 거다.

주변엔 바람뿐, 사람은 보이지 않는다.

여전히 미련한 자세 그대로 조수석에 있던 모래의 남자를 끙끙대며 밖으로 끌어낸다. 다리난간 위로 올리는 건 불가능하다. 난간 사이의 틈으로 시체를 민다. 쉽게 움직이지 않는다. 끝까지 날 힘들게 한다. 속옷까지 흐르는 땀을 진정시키고 기운을 보아 다시 시도한다. 시체가 한참을 떨어지더니 물이 첨벙 올라온다. 어딘가 멀리서 이 광경을 목격한 사람이 있을지도 모르겠다. 하지만 동부이촌동 변호사 부부 살인 사건 이후 운명은 내 편이다.

자수하러 가겠다는 모래의 남자한테 다이아몬드를 돌려 달라고 한 건 그를 만날 이유를 만들기 위해서였다. 삼촌 자동차에 다이아몬드를 숨기면 아직 결정적 증거를 찾지 못한 경찰에게 증거를 제공할 수도 있다. 삼촌의 중고 자동차가 어디에 있는지 모르겠다. 삼촌의 집으로 가서 숨겨 둘 수도 없다. 어딘가에서 CCTV가 숨어 날 보고 있을지 모른다. 삼촌이 일하는 유치원에 숨긴다면 반짝반짝 빛나고 싶어 할 거 같은 원장이 다이아몬드를 발견할 거다. 원장은 아마 신고하지 않고 자기가 가질 게 뻔하다. 다이아몬드를 강물에 버린다. 난 빛나고 싶지 않기에 섭섭하지 않다. 자동차 안에 있던 생수 뚜껑과 페트병, 주사기와 주사기 뚜껑도 강 아래로 버린다. 차 안에 묻은, 모래의 남자의 마지막 신진대사를 닦아 내고 탈취제를 잔뜩 뿌린다.

    보다 깊어진 평화가 기다리고 있을 집을 향해서 자동차를 몬다. 밤길이라 신경이 온통 곤두서 있다. 녹사평대로로 들어오면서 휴대폰을 켠다. 고모한테 문자가 10여 통 와 있다. 전화가 온다.

"너, 어디야?"

흥분한 고모다.

"집 근처야."

"뭐 해?"

"왜?"

"그 미친놈이⋯⋯."

"⋯⋯?"

"니 삼촌, 그 우라질 놈이⋯⋯ 지가 범인이라고, 글쎄⋯⋯ 자백했단다."

    삼촌이 범인일 리가 없다. 삼촌은 집에만 오면 할머니한테 빨리 밥 달라고 징징거렸다. 배고픈 거 하나도 그렇게 못 참더니 경찰의 추궁을 인내할 수 없었던 걸까. 아니면 정말로, 삼촌이 범인이란 말인가.

    집에 와서 유튜브로 에이미의 공연 실황을 만난다. 「You

know I'm no good」을 부른다. 에이미가 공연 중간에 주스로 보이는 음료를 마신다. 그 옆에는 건장한 흑인 남자 두 명이 신나게 춤을 추고 있다. 나도 밤에 잘 때 꼭 자리끼가 있어야 한다. 나도 에이미처럼 언제나 갈증이 난다.

"I cheated myself, Like I knew, I would."

에이미만이 날 격려한다. 갈기갈기 갈라진 영혼으로.

1

형이 집을 구하러 갔다가 주변 시세보다 훨씬 싼 집을 보게 되었다. 부동산 중개인은 이렇게 좋은 조건이 없다며 놓치기 전에 계약할 것을 종용했다. 형도 처음엔 계약을 할 생각이었는데 알 수 없는 서늘한 기운 때문에 망설였다. 그 집은 대낮에 환하게 불을 켰는데도 왠지 어두운 느낌이었다. 결국 중개인의 능글능글함이 서늘함을 이기지 못했다. 형은 나중에 한 가지 사실을 알게 되었다. 그 집에서 살던 대학생 아들이 자신의 친어머니를 죽였던 것이다.

형에게 그 이야기를 전해 듣고 나서 한동안 정체 모를

묘함이 나를 사로잡았다.

2

습작을 하면서 나는 자꾸 아버지를 말하려 했다. 소포 클레스부터 도스토옙스키를 거쳐 김소진까지, 많은 작가가 이야기했으며 독자들이 이제는 더 이상 읽고 싶어 하지 않을 것 같은 이야기. 오랫동안 나를 가두었던 주제에서 벗어나 이제 다른 이야기를 하고 싶었다. 그 전에 그 주제를 털어 내야 했다. 지금껏 무겁게 접근했던 태도를 백팔십도 바꿔서.

두 가지를 결합해서 『펀치』를 쓰기 시작했다.

독자를 만날 기회를 주신 모든 분들과 오랫동안 날 기다려 주고 응원해 준 가족, 친구들에게 깊은 감사를 드린다.

2013년 10월
이재찬

펀치

이재찬 장편소설

1판 1쇄 찍음 2013년 10월 16일
1판 1쇄 펴냄 2013년 10월 25일

지은이 ㅣ 이재찬
발행인 ㅣ 박근섭·박상준
편집인 ㅣ 장은수
펴낸곳 ㅣ (주)민음사

출판등록 ㅣ 1966. 5. 19. 제16-490호
주소 ㅣ 서울시 강남구 신사동 506번지 강남출판문화센터 5층 (135-887)
대표전화 ㅣ 515-2000 ㅣ 팩시밀리 ㅣ 515-2007
홈페이지 ㅣ www.minumsa.com

ISBN 978-89-374-8823-8 (03810)

『펀치』는 비도덕적 사회 속에서의 도덕적 인간에 대한 항변과 변호를 일삼지 않는다는 점에서 최소한 도덕적이다. 도덕적 사회 속에서의 부도덕한 인간에 대한 비판과 단죄를 추구하지 않는다는 점에서 은근히 도덕적이다. '이유 없는 반항'에서 '이유 있는 반항'으로의 변모 이후에나 가능한 '필요 없는 반항'을 적극적으로 시도한다는 점에서 모험적이고도 전위적이다. 너무 독하고 징해서 부담스럽지만, 소설 속 "갈기갈기 갈라진 영혼"들의 펀치를 피할 도리는 없을 듯하다. 아프다. ─김미현(문학평론가·이화여대 국문과 교수)

이 놀라운 신예 작가는 소설의 읽는 맛을 제대로 보여 준다. 비애와 슬픔이 유머로 전달되다가 급기야 읽는 독자들의 감정마저 폭발시킨다. 격발되고 난 감정은 쉽게 사라지지 않는다. 잘 썼다, 라는 말이 절로 나오게 만든다. 루저 문학에 대한 새로운 서사의 출구가 있다면 나는 이 소설을 예로 들 것이다. ─박성원(소설가)

이 소설이 지닌 온갖 장점 중에서 이른바 '타고난 감각' 혹은 '선천적 재능'으로 부를 만한 것 하나만을 꼽으라면, 나로서는 '별것도 아닌 이야기를 재미있게 들려주는 흑마술'이라 대답할 것이다. 솔직히 말해서 그건 사기다. 그러나 이 작가가 제대로 사기를 쳐 주어서 나는 기뻤다. ─박형서(소설가)

이야기가 경쾌하고 문장이 좋다. 문장들을 읽어 가다 보면 사물(사태)의 본질을 재빨리 포착해서 이를 발랄하게 드러낼 줄 아는 감각이 느껴진다. 우리 문단에 의미 있는 한 방을 날려 줄 수 있는 작품이다. ─정영훈(문학평론가·경상대 국문과 교수)

이 작품은 독자들의 윤리관과 도덕관, 그리고 삶에 남겨 둔 약간의 기대에 펀치를 날린다. 반성하지 않는 10대 소녀라는 캐릭터는 그녀가 지닌 생생한 살의와 평면성으로 인해 잔혹함을 더한다. 문제적인 것은 이 10대 소녀의 폭력성, 세상에 대한 반감 자체가 매우 매혹적이면서도 논쟁적이라는 사실이다. ─강유정(문학평론가)